EDIÇÕES BESTBOLSO

Essa terra

Antônio Torres nasceu em Junco, um povoado no interior da Bahia, que hoje é a cidade de Sátiro Dias. Aos 20 anos mudou-se para São Paulo, onde foi repórter e chefe de reportagem da editoria de esportes do jornal *Última Hora*. Trocou o jornalismo pela publicidade, trabalhando como redator em grandes agências brasileiras. Estreou na literatura em 1972, com o romance *Um cão uivando para a lua*. Em 1976, publicou *Essa terra*, seu maior sucesso, traduzido para francês, inglês, espanhol, italiano, alemão, hebraico e holandês. Também é autor de *Balada da infância perdida, Os homens dos pés redondos, Carta ao bispo, Adeus, velho, Um táxi para Viena d'Áustria, O cachorro e o lobo, Pelo fundo da agulha, Meu querido canibal, O nobre sequestrador* e *Meninos, eu conto*. Em 1987, recebeu o prêmio Romance do Ano do Pen Clube do Brasil por *Balada da infância perdida* e o prêmio *hors concours* de Romance da União Brasileira de Escritores por *O cachorro e o lobo*. Em 1998, foi condecorado pelo governo francês como *Chevalier des Arts et des Lettres*. Pelo conjunto da obra, foi agraciado com o Prêmio Machado de Assis da Academia Brasileira de Letras, em 2000. Em 2001, recebeu o Prêmio Zaffari & Bourbon, da 9ª Jornada Literária Nacional de Passo Fundo, pelo romance *Meu querido canibal*. E e[illegible] Academia Brasileira de Letras.

Antônio Torres

Essa Terra

Prefácio de
ITALO MORICONI

4ª edição

RIO DE JANEIRO – 2023

CIP-Brasil. Catalogação na fonte
Sindicato Nacional dos Editores de Livros, RJ.

Torres, Antônio, 1940-
T643e Essa terra / Antônio Torres. – 4ª ed. – Rio de Janeiro: BestBolso, 2023.
4ª ed. 12x18cm

ISBN 978-85-7799-104-4

1. Romance brasileiro. I. Título.

CDD – 869.93
08-3555 CDU – 821.134.3(81)-3

Essa terra, de autoria de Antônio Torres.
Título número 080 das Edições BestBolso.
Quarta edição impressa em julho de 2023.
Texto revisado conforme o Acordo Ortográfico da Língua Portuguesa de 1990.

www.edicoesbestbolso.com.br

Design de capa: adaptação de Carolina Vaz, a partir da imagem da capa publicada pela Editora Record (Victor Burton, 2001) com foto de Rogério Assis.

Direitos exclusivos de publicação em língua portuguesa para o Brasil em formato bolso adquiridos pelas Edições BestBolso um selo da Editora Best Seller Ltda.
Rua Argentina 171 – 20921-380 – Rio de Janeiro, RJ – Tel.: (21) 2585-2000.

Impresso no Brasil

ISBN 978-85-7799-104-4

"As batalhas nunca se ganham.
Nem sequer são travadas. O campo de batalha só revela ao homem a sua própria loucura e desespero e a vitória não é mais do que uma ilusão de filósofos e loucos."

William Faulkner,
O som e a fúria.

Prefácio à edição de bolso

Essa terra é o romance que consagrou Antônio Torres como um dos mais lidos e queridos escritores brasileiros contemporâneos. Com este seu terceiro livro, nosso autor encontrou sua voz distintiva e amadureceu artisticamente o filão evocativo que definiria o perfil literário de parcela considerável das obras que publicou depois. Hoje a produção textual de Antônio Torres está enriquecida por outras dimensões que explorou ao longo de mais de 35 anos de carreira. Por todo esse tempo, porém, *Essa terra* manteve intactos seu frescor e vigor originais, conquistando lugar de destaque entre as obras legadas para a cultura brasileira pela memorável década de 70 do século há pouco terminado.

É impossível não ler *Essa terra* nos parâmetros da tradição regionalista, embora o valor da obra em última instância venha mais do jeito como Torres conta a história do que do lugar ocupado pelo livro nos esquemas de crítica e teoria literária. Dentro da tradição regionalista, a obra situa-se num momento de transição. A década de 70 do século XX assistia ao início de uma transformação radical da realidade e do imaginário brasileiro do sertão, que iria refletir-se aos poucos em todas as dimensões da cultura criativa nacional, da música popular à literatura, ao cinema, ao teatro. Tal transformação histórica encontra-se claramente delineada em *Essa terra*, de tal modo que o livro pode ser considerado obra pioneira de uma nova fase em nossa literatura, posterior à dos clássicos modernistas.

Nessa nova fase, o tema da experiência do sertanejo que deixa o Nordeste começa a ser substituído pelo tema da experiência do sertanejo vivendo no Sudeste, principalmente São Paulo. Em *Essa terra*, tal experiência aparece pelo negativo, é presença ausente, assim como o próprio personagem Nelo no romance é presença ausente, narrada pelos olhos do irmão-mais-novo-que-ficou. O romance nos conta o desfecho dramático da história de vida de Nelo, jovem do sertão que um dia deixou a Bahia, viveu anos em São Paulo e voltou à sua Junco natal. O fato de seu breve retorno à terra natal ser contado pelo prisma do irmão mais novo, que nunca esteve na metrópole, funciona como metáfora perfeita do ponto em que a literatura regionalista se encontrava, no momento em que Antônio Torres escreveu este seu livro pioneiro.

Um ponto zero. O novo tropo sertanejo que se impunha para o escritor daqueles anos 70, ainda se apresentava como território desconhecido. Era profundamente real, mas também profundamente desconhecido. Hoje todos nós sabemos que o sertão não virou mar, virou periferia das grandes cidades. E não apenas das cidades do Sudeste. Toda periferia urbana, de qualquer capital ou cidade média brasileira, é o sertão. No novo imaginário, sertão e periferia são espaços sinônimos, intercomunicantes enquanto paisagem. O sertão está na cidade, a cidade é o sertão. O espaço de Nelo é já o espaço da Macabeia de Clarice Lispector, é já o espaço de filmes como *Amuleto de Ogum* (Nelson Pereira dos Santos) e *Central do Brasil* (Walter Salles). Nesse espaço contemporâneo, a narrativa sertaneja opera o encontro entre a aridez do sertão rural, regional, tradicional, e a do sertão urbano, nacional e pós-moderno. De um lado, o cacto. De outro, as casinhas sem reboco apertadas nas vielas degradadas.

Mas é preciso libertar a leitura de *Essa terra* de uma pauta exclusivamente regionalista. E aí voltamos ao jeito como Torres conta sua história: a maneira fragmentada, cheia de idas e vindas, sempre pelo prisma do narrador Totonhim, o irmão mais novo que ficara no Junco. Já em seu primeiro livro, *Um cão uivando para a lua*, Torres prestara, na epígrafe, tributo a William Faulkner, autor icônico, referente indispensável para entender as ambições e os parâmetros estéticos do grupo de escritores dos anos 70 ao qual Torres esteve ligado, o grupo paulista reunido na revista *Escrita*, de Wladyr Nader. Cada um desses autores – Marcia Denser, o próprio Torres, Roniwalter Jatobá, Silvio Fiorani, entre outros – apropriou-se de Faulkner à sua maneira. Quando releio em *Essa terra* as páginas que narram o percurso tresnoitado em que o narrador leva a mãe para ser internada numa instituição psiquiátrica, sempre me vem à mente o relato arquetípico da viagem dos irmãos com o cadáver da mãe no clássico *Enquanto agonizo.*

Enquanto agonizam, sobrevivo. Talvez esteja aí uma das chaves de leitura deste *Essa terra*. Em última instância, a obra narra uma história de família, uma história de família em situação extrema de diáspora, separação, distância, como contingência mesmo da vida em diáspora. Uma história de família narrada por quem ficou e recolhe os restos de tanta dificuldade de diálogo para talvez no futuro construir sua própria narrativa – narrativa essa que Torres veio efetivamente a colocar no papel em livros posteriores. Assim como em Joyce e Virginia Wolf, a lição básica de Faulkner é um modernismo narrativo que combina fragmentação a fluxo discursivo na tentativa de mimese dos processos subjetivos internos. Em Antônio Torres, essa combinação representa o esforço de recuperação dos laços afetivos, no contexto árido e rascante de relações humanas irremediavelmente falhadas. Eu disse irremediavelmente? Mas para Torres, existe um remédio para as falhas do afeto: sua redenção pela palavra romanesca, que é também, sempre, palavra poética.

Italo Moriconi
Escritor, professor e editor
Setembro de 2008

Essa terra me chama

1

— Se estiver vivo um dia ele aparece, foi o que eu sempre disse.

– O que foi que o senhor disse?

Naquela hora eu podia fazer uma linha reta da minha cabeça até o sol e, como um macaco numa corda, subir por ela até Deus – eu, que nunca tinha precisado saber as horas. Era meio-dia e eu sabia que era meio-dia simplesmente porque ia pisando numa sombra do tamanho do meu chapéu, o único sinal de vida na velha praça de sempre, onde ninguém metia a cabeça para não queimar o juízo. Loucos ali só eu e o matuto com seu cavalo suado, que surgiu como uma aparição dentro de uma nuvem de poeira, para deter a minha aventura debaixo da caldeira de Nosso Senhor.

– Qualquer pessoa deste lugar pode servir de testemunha. Qualquer pessoa com memória na cabeça e vergonha na cara. Eu vivia dizendo: um dia ele vem. Pois não foi que ele veio?

– O senhor estava com a razão.

– Ele mudou muito? Espero que ao menos não tenha esquecido o caminho lá de casa. Somos do mesmo sangue.

– Não se esqueceu, não, tio – respondi, convencido de que estava fazendo um esclarecimento necessário não apenas a um homem, mas a uma população inteira, para quem a volta do meu irmão parecia ter muito mais significado do que quando o Dr. Dantas Júnior veio anunciar que havíamos entrado no mapa do mundo, graças a seu empenho e à sua palavra de deputado federal bem votado. Foi um dia muito bonito, tão bonito quanto os dias de eleição, embora sem as arruaças, as cervejas e as comidas dos dias de eleição, porque tudo aconteceu de repente, sem aviso prévio. O deputado subiu no palanque feito às pressas em frente do mercado, ergueu seu paletó empoeirado sobre todos nós e disse que o Junco agora era uma cidade, leal e hospitaleira. Agora podíamos mandar no nosso próprio destino, sem ter que dar satisfações ao município de Inhambupe – e foi justamente essa parte do discurso que o povo mais gostou. E no entanto esse dia já está se apagando da nossa lembrança, apesar de nada mais ter acontecido daí por diante.

Quem não mudou em nada mesmo foi um lugarejo de sopapo, caibro, telha e cal, mas a questão agora é saber se meu irmão ainda se lembra de cada parente que deixou nestas brenhas, um a um, ele que, não tendo herdado um único palmo de terra onde cair morto, um dia pegou um caminhão e sumiu no mundo para se transformar, como que por encantamento, num homem belo e rico, com seus dentes de ouro, seu terno folgado e quente de casimira, seus *ray-bans*, seu rádio de pilha – faladorzinho como um corno – e um relógio que brilha mais do que a luz do dia. Um monumento, em carne e osso. O exemplo vivo de que a nossa terra também podia gerar grandes homens – e eu, que nem havia nascido quando ele foi embora, ia ver se acordava o grande homem de duas décadas de sono, porque o grande homem parecia ter voltado apenas para dormir. Levanta, cachorro velho, antes que os morcegos te comam. Acorda, antes que a alma penada do teu tão saudoso avô queira um relatório completo da tua viagem. Anda depressa, que ele está saindo da cova para vir dar um tapa nas tuas costas: – Caboco setenta. Tu vale por setenta deste lugar. – Por que, Padrinho? – Porque tu já conhece quatro estados do mundo, não é, meu fio?

Eu estava louco para tomar um banho no tanque velho (lá mesmo, onde todos nós vamos morrer afogados) e queria que meu irmão fosse comigo e estava pensando em arranjar uma jega, a mais fogosa que houvesse, para o famoso Nelo matar a saudade de um velho amor.

– Diga a ele que ele nasceu ali – meu tio apontou para o lado do curral da matança. – Diga também que eu carreguei ele no meu ombro.

– Nelo se lembra de tudo e de todos, tio. Nunca vi memória tão boa – insisti –, para não deixar a menor dúvida em seu espírito. E só então ele haveria de permitir que eu continuasse a minha caminhada.

– Fico muito satisfeito – meu tio sorriu, no seu jeito encabulado de homem sério, e o cavalo me cobriu com outra nuvem.

A alpercata esmaga minha sombra, enquanto avanço num tempo parado e calado, como se não existisse mais vento no mundo. Talvez fosse um agouro. Alguma coisa ruim, muito ruim, podia estar acontecendo.

– Nelo – gritei da calçada. – Vem me ensinar como se flutua em cima de um tronco de mulungu. Me disseram que você já foi bom nisso.

Não ouvi o que ele respondeu, quer dizer, não houve resposta. Não houve e houve. Na roça me falavam de um pássaro mal-assombrado, que vinha perturbar uma moça, toda vez que ela saía ao terreiro, a qualquer hora da noite. Podia ter sido o meu irmão quem acabava de piar no meu ouvido, pelo bico daquele pássaro noturno e invisível, no qual eu nunca acreditei. Atordoado, me apressei e bati na porta e bastou uma única batida para que ela se abrisse – e para que eu fosse o primeiro a ver o pescoço do meu irmão pendurado na corda, no armador da rede.

– Deixa disso, Nelo – bati com a mão aberta no lado esquerdo do seu rosto e devo ter batido com alguma força, porque sua cabeça virou e caiu para a direita. – Deixa disso, pelo amor de Deus – tornei a dizer, batendo na outra face, e ele se virou de novo e caiu para o outro lado.

Pronto.

Eu nunca mais iria querer subir por uma corda até Deus.

2

E foi assim que um lugar esquecido nos confins do tempo despertou de sua velha preguiça para fazer o sinal da cruz.

O Junco: um pássaro vermelho chamado Sofrê, que aprendeu a cantar o Hino Nacional. Uma galinha pintada chamada Sofraco, que aprendeu a esconder os seus ninhos. Um boi de canga, o Sofrido. De canga: entra inverno, sai verão. A barra do dia mais bonita do mundo e o pôr do sol mais longo do mundo. O cheiro do alecrim e a palavra açucena. E eu, que nunca vi uma açucena. Os cacos: de telha, de vidro. Sons de martelo amolando as enxadas, aboio nas estradas, homens cavando o leite da terra. O cuspe do fumo mascado da minha mãe, a queixa muda do meu pai, as rosas vermelhas e brancas da minha avó. As rosas do bem-querer:

– Hei de te amar até morrer.

Essa é a terra que me pariu.

– Lampião passou por aqui.

– Não, não passou. Mandou recado, dizendo que vinha, mas não veio.

– Por que Lampião não passou por aqui?

– Ora, ele lá ia ter tempo de passar neste fim de mundo?

Moças na janela, olhando para a estrada, parecem concordar: isto aqui é o fim do mundo. Estão sonhando com os rapazes que foram para São Paulo e nunca mais vieram buscá-las. Estão esperando os bancários de Alagoinhas e os homens da Petrobras. Estão esperando. Tabaréu, não: rapazes da cidade. – Vão morrer no barricão, loucas e com o tabaco ensebado, para pagar a língua –, revidam os solteirões desenganados. Desengano é nome feio, treta do diabo. Como o pecado e os outros nomes feios: tabaco, chibiu e a puta que as pariu. Vaca, bezerra, égua e jumenta também têm tabaco. Eles não morrerão ensebados.

– Até as casadas enlouqueceram, e arrastaram os seus homens e suas filhas para as cidades – reclama-se na venda de Pedro Infante, o abrigo de todas as queixas. – Muitos maridos vão e voltam, sozinhos, com uma mão adiante e outra atrás. Sina de roceiro é a roça.

Vagaroso e solitário, o Junco sobrevive às suas próprias mágoas, com a certeza de quem já conheceu dias piores, e ainda assim continua de pé, para contar como foi. Em 1932 o lugar esteve para ser trocado do Estado da Bahia para o mapa do inferno, na pior seca que já se teve notícia por essas bandas, hoje reverenciada em cada caveira de boi pendurada numa estaca, para dar sorte.

– O povo caía e morria de sede e fome, como o gado. Era de cortar o coração.

As primeiras chuvas de 1933 prometiam a bonança, mas ficaram só na promessa. O que se viu mais tarde foi o dilúvio, a sezão e o impaludismo: desta vez o povo caía e morria tremendo, de frio. Pior é na guerra, onde filho chora e pai não vê – diz Caetano Jabá, que não foi o único a seguir os passos de Antônio Conselheiro, embora tivesse sido o único a voltar vivo, para contar a história do soldado raso que ele degolou com sua faquinha de capar fumo, enquanto o soldado comia em paz um pedaço de carne de jabá com farinha seca, à beira de um riacho. Em vez de uma medalha, deram-lhe um apelido e uma enxada, com a qual ele cava o seu sustento, ainda hoje, aos cento e tantos anos de vida.

No ano 2000 esse mundo velho será queimado por uma bola de fogo e depois só restará o dia do juízo – é o mesmo Jabá ensinando as Sagradas Profecias, enquanto descansa a culpa da morte que carrega nas costas. – E eu sei que esse dia está perto. Ora vejam bem: nossos avós tinham muitos pastos, nossos pais tinham poucos pastos e nós não temos nenhum – os outros homens prestam muita atenção em Caetano Jabá, ele viveu as experiências da vida. – Isso também está nas Sagradas Escrituras. Muitos pastos e poucos rastos. Poucas cabeças, muitos chapéus. Um só rebanho para um só pastor.

– Lá vem os tabaréus do Junco – dizem os do Inhambupe.

Diziam. Antigamente. Quando o pau de arara coberto de lona parava na bomba de gasolina do Hotel Rex – a lotação de ano em ano, para Nossa Senhora das Candeias. Agora a estrada passa por fora. O Inhambupe já não tem mais quem insultar.

Rezemos pela alma do finado Antônio Conselheiro. Muito lhe devemos. Quando esteve em Inhambupe, ele foi apedrejado, sem dó nem piedade. Rogou uma praga:

– Essa terra vai crescer que nem rabo de besta.

O povo se indagou:

– Como é que rabo de besta cresce?

Para baixo.

– Mas todos os rabos crescem para baixo.

– Só que o da besta, quando cresce, o dono corta. Para dar mais valor ao animal.

O asfalto da estrada de Paulo Afonso não chegou aqui mas também deixou o Inhambupe de lado. O lugar cresce como rabo de besta.

Tudo o mais é a espera, debaixo deste céu descampado.

– Qualquer dia o Anticristo aparece. Será o primeiro aviso. Depois o sol vai crescer, vai virar uma bola do tamanho de uma roda de carro de boi e aí – dizia papai, dizia mamãe, dizia todo mundo.

Ninguém disse, porém, se a vinda da Ancar estava nas Sagradas Escrituras. Ancar: o banco que chegou de jipe, num domingo de missa, para emprestar dinheiro a quem tivesse umas poucas braças de terra. Os homens do jipe foram direto para a igreja e pediram ao padre para dizer quem eles eram, durante o sermão. O padre disse. Falou em progresso, falou no bem de todos. O banco tinha a garantia do Presidente.

– Se o Presidente garante, a coisa é boa – o primeiro que abriu a boca a favor dos homens já estava diante deles, na porta da venda. Mas murchou, ao ouvir o conselho que não esperava:

– Plante sisal. Está dando um dinheirão.

Sisal ninguém sabia plantar, aí é que estava a encrenca. Os homens do banco discutiram, explicaram, prometeram máquinas e dinheiro e todas as ajudas.

Depois o jipe voltou, trazendo as promissórias vencidas. Só então – e pela primeira vez na vida –, alguns homens do Junco começaram a compreender que um padre também podia errar.

Nelo descobriu que queria ir embora no dia em que viu os homens do jipe. Estava com 17 anos. Ele iria passar mais três anos para se despregar do cós das calças de papai. Três anos sonhando todas as noites com a fala e as roupas daqueles bancários – a fala e a roupa de quem, com toda certeza, dava muita sorte com as mulheres.

3

Vinte anos para a frente, vinte anos para trás. E eu no meio, como dois ponteiros eternamente parados, marcando sempre a metade de alguma coisa – um velho relógio de pêndulo que há muito perdeu o ritmo e o rumo das horas. Eis como me sinto e não apenas agora, agora que já sei como tudo terminou.

Estou diante dele, na porta de uma hospedaria que o dono, um homem vindo de fora, chama de hotel. Esse homem não o conhece. Faz questão que ele entre e veja os quartos, o banheiro e a limpeza de tudo. Abriria as torneiras e mostraria a cor da água, muitas vezes coada, antes de passar dos barris para o tanque. Límpida e clara, como a imagem da televisão, sempre ligada, das seis às dez da noite, pelo menos em todas as noites em que o motor da luz não estivesse quebrado. Foi o farmacêutico que me disse quem era o homem que muitos não estavam reconhecendo e que se dirigia para o hotel. Chego e interrompo a velha e sincera conversa do hoteleiro. Também foi sincero o sorriso do recém-chegado, ao apertar a minha mão. – Muito prazer – ele diz. Costumes de outras terras, eu penso, balançando a cabeça de um lado para o outro, abismado. Quase respondo: – Muito obrigado – como fazem os homens da roça, ao serem cumprimentados por um desconhecido. Era um encontro inesperado e tão estranho quanto qualquer encontro entre dois irmãos. Naquele momento eu ainda não sabia que acabava de atravessar a ponte que ia dar no ponto final de um tempo.

Está certo, nós não nos conhecíamos pessoalmente, daí toda a minha dificuldade. Só sei que me senti um tanto abestalhado, sem saber o que dizer, além de um chegue à frente. Muito prazer – seria o resumo de tudo? Apenas duas palavras para matar vinte anos de saudade? Confusa, descontrolada, minha mão se antecipa e se oferece, avança sobre a alça da mala, ainda sentindo o suor frio da sua mão. Mão fria, coração quente, cheguei a pensar, me perguntando se ele era exatamente do jeito que eu pensava que ele era, se tenho uma colcha e um lençol lavados, pão bastante para o café desta noite, comida que desse para o almoço de amanhã, de depois de amanhã, e por que você não avisou que vinha, quantos dias você vai ficar, todas essas coisas que não dizemos aos parentes para que não pensem que não os desejamos. Eu não me achava em condições de acomodá-lo, eis a verdade. E ainda assim estava lhe dizendo:

– Você não tem necessidade de gastar dinheiro em hotel.

– Eu não sabia que tinha um irmão aqui – ele afasta a minha mão da mala e acrescenta: – Pode deixar. Eu mesmo levo.

A mala me fez pensar no correio e nos envelopes gordos de antigamente, que chegavam de mês em mês. Dinheiro vivo, paulista, rico. Também me lembrei de mamãe: – Tomara eu tivesse mais um filho igual a ele. Bastava um.

Nelo, Nelo, Nelo.

Um velho retrato desbotado da sua primeira comunhão.

Nelo, Nelo, Nelo.

Um acalanto, uma toada, uma canção.

Nelo, Nelo, Nelo.

Miragens sobre o poente, nosso sol atrás da montanha, sumindo no fim do mundo.

Nelo, Nelo, Nelo.

São Paulo está lá para trás da montanha, siga o exemplo do seu irmão.

Nelo, Nelo, Nelo.

Éramos doze, contando uma irmã que já morreu. Só ele contava.

Nelo, Nelo, Nelo. Bastava mais um.

Nossa sombra ao meio-dia, nossa árvore de todo dia.
Ora vejam quem chegou.
Entre, a casa também é sua.
Muito prazer!

PRIMEIRO NETO, primeiro filho – talvez seja nisso que pense, ao fazer uma vistoria completa da casa, quarto a quarto, sala a sala. Agora está na cozinha, sentado no velho fogão de lenha, olhando sem entender o fogão a gás que eu uso e que serviu para os últimos chás do meu avô. Dezoito irmãos e dezoito cunhados brigam pelos seus pedaços, enquanto o inventário não sai. Moro aqui sozinho porque é de graça. Com o ordenado que eu ganho na Prefeitura só posso viver se for de graça. Também já morei em Feira de Santana, estudei lá, no ginásio de lá, mas não deu certo.

Ele se levanta e fica de pé, na porta do quintal. Reclama. As flores estão morrendo. Se minha avó fosse viva, elas não estariam morrendo. Pergunta por papai.

– Vendeu a roça, a casa da roça e a casa da rua, pagou as dívidas, torrou o troco na cachaça, depois se mudou para Feira de Santana.

Não sabia? Claro que sabia.

– Pobre velho – ele diz, e pergunta por mamãe.

– Ela foi antes, para nos botar no ginásio. O velho ficou aqui, zanzando, desgostoso, se maldizendo de tudo. De tempos em tempos ia ver a gente, em Feira. Mas enjoou de andar para cima e para baixo, deu para beber e brigar com todo mundo. Um dia não aguentou mais e sumiu na estrada, em cima de um caminhão, aboiando.

– Pobre velho – diz de novo e pergunta pelos meninos.

– Três estão em Feira. Os pequenos. Os outros estão espalhados – nesse instante abro os braços no sentido Norte-Sul. – Você vai ter de viajar muito, se quiser catar um a um. Mas não precisa ir além de Salvador.

– Tenho muita pena de papai – a voz ainda era a mesma de quando disse: – Pobre velho. Parecia um homem sempre preocupado e estava mais preocupado ainda quando perguntou: – O dinheiro que eu mando dá?

Acho que foi a única vez que nos olhamos de frente, durante todos esses dias em que passamos juntos. Quatro semanas benditas que me provaram que a eternidade existe. Qualquer um pode experimentá-la. Basta ter um irmão ao lado e não saber o que fazer com ele. – Antes desse – eu digo.

– E papai, não ajuda em nada?

Não lhe respondi. Isto é: não abri a boca. Apenas balançava a cabeça – e foi nessa hora que me ocorreu a ideia dos pêndulos de um relógio sem rumo. Eu mordia os beiços e tinha consciência do que estava fazendo e sentindo, porque já não podia mais esconder a minha amargura. Podia apenas ver o meu próprio rosto amargurado como a melhor explicação para tudo. Via-o mesmo sem vê-lo, mesmo sem ter um espelho bem à mão. Queria dizer: – Me fale de coisas boas. Chegue à frente e me fale de você. Conte tudo de bom, todas as belas aventuras que você já viveu: palha e lenha dos meus sonhos. Mas ele insistia e perguntava e remoía, enquanto estalava os dedos e se agitava, me agitando.

– E os outros? Também não dão nada?

A minha resposta é um sim. Sim, velho Nelo, sim. Os outros mal conseguem o que comer e eu mesmo fiz uma cruz na parede e jurei por ela que nunca mais daria um tostão naquela casa de loucos, ainda que estivesse com o rabo cheio de dinheiro. Podiam morrer todos à míngua, diante dos meus olhos, que eu nem sequer iria me preocupar em enterrá-los. Por tudo o que me fizeram, a vida toda, e principalmente o que me fizeram durante os anos em que precisei deles, por causa de um curso de ginásio. Os outros pensam do mesmo jeito, tenho certeza. Entre nós só uma estrela brilhou. Pague por isso, de preferência em ouro. Está tudo gravado na minha memória. Ouça:

– Ninguém faz nada por mim. Ninguém me ajuda em nada.

Reconhece esta voz? Continue ouvindo. Continue:

– Tenho doze filhos e me sinto tão sozinha. Se não fosse por Nelo.

Espere mais um pouco:

– Não vou passar sua roupa. Não sou sua empregada.

E agora, atenção:

– Os incomodados que se retirem.

Eis por que me retirei. Quer um conselho? Vá lá. Viva uns tempos com eles. Assim você não precisará das minhas explicações. Tente saber o que é passar a vida dentro de um saco de gatos, com um rombo no fundo. Os gatos entram, se arranham e vão descendo pelo fundo do saco. Comi os farelos enquanto pude suportar, agora...

Não havia mais tempo para pensar ou dizer o que quer que fosse. A casa se encheu de gente e ele logo se transformou em sorrisos, para que eu me perguntasse que homem era esse que passava da tristeza para a alegria com um simples abraço. Não vou negar: eu experimentava uma estranha espécie de prazer ao vê-lo com aquela cara de borrego que se perdeu da manada, toda vez que uma resposta minha o espicaçava.

– Não se esqueça que eu dei conselho a seu pai, para ele deixar você ir embora – o primeiro visitante vinha cobrar os juros de um empréstimo a longo prazo.

– Papai nem queria ouvir se tocar no assunto, lembra?

Ora se lembrava!

– Você chegar assim, sem nenhuma comemoração? – uma voz de festa clama por foguetes e zabumbas, pede um forró.

– Paga uma? Quero ver a cor do dinheiro de São Paulo – parentes afoitos correm os olhos em busca da mala.

– Nem uma lembrancinha para os seus priminhos? Não vá dizer que se esqueceu de mim.

Minha tia. Meu Deus: ela já soube.

– Esse aqui vai sair igualzinho a você. É inteligente como o diabo – ela bate na cabeça do menino inteligente como o diabo. – Isso é que é um filho (não o dela, claro). – Há quantos anos você manda dinheiro para a sua mãe, hein, Nelo?

– E eu lá sei? – ao dizer isso, ele se mostrou bem diferente de minutos atrás. Parecia orgulhoso com a história do bom filho.

– Ah, Nelo. Tu tá rico como o cão, não é?

– Dá para ir vivendo – ele disse –, mas suas palavras não destruíam toda a nossa ilusão.

– Rapaz de sorte. Sempre teve sorte, desde menino.

Uma tia dessa tia chegou, uma que todos nós éramos obrigados a chamá-la de tia também e pedir-lhe a bênção, dez vezes a encontrássemos, num mesmo dia.

– Menino, você é aquele que mora naquelas terras tão looooooonge?

Estradas que vão e não voltam, na voz que viaja léguas e léguas, some nas distâncias de uma imaginação.

– Sou eu mesmo, tia – ele disse, quase chorando, de tanta alegria.

– Menino, venha mais para peeeeeeerto – agora a sua voz ia encurtando o caminho, trazendo a distância para cá, para junto dela, para dentro do seu coração.

– Hoje tem que parar tudo nesta terra, Nelo velho –, falou o boca de festa, e outras vozes se juntaram à dele, num coro que anunciava a coisa nova: finalmente uma noite com assunto.

E lá se foram, como um bando de bestas, seguindo para a fonte, na hora de beber água.

Eu ia atrás – agarrado, puxado, seguindo o rebanho. – Meus parabéns, meus parabéns – era o que eles me diziam, repetidas vezes, como se eu tivesse acertado na loteria.

4

— Mais um condenado foi para o inferno –, pregou o doido Alcino, na porta da igreja.

Alcino ficou doido por causa de um vício, fala o povo. Mas desta vez ninguém pediu para ver se ele tinha cabelo nas palmas de suas mãos pecadoras. Todos sabiam que o doido estava falando a verdade. Quem se mata é um condenado.

– O Diabo faz o laço e Deus não corta a corda. Deus não acode um homem sem religião. Mirem-se, condenados –, Alcino sabia que não estava falando sozinho, nas horas lentas das ave-marias.

– Amém – consentiam os corações amotinados.

Amém, amém, a mãe.

É na venda que todos nós nos abençoamos, como se estivéssemos num convento sagrado, o quarto dos santos de todos os velórios de todos os dias. E Deus que nos livre das palavras: cada suspiro já é uma doce e cariciosa aragem, embargada, bafejada, recendendo a dendê, fumo de corda, creolina e cachaça.

– Alcino, canta a cantiga da Meia-Branca – o grito atravessa a comprida praça, em linha reta. O homem que chegou à porta se volta para dentro da venda. Todos estão rindo. Ninguém pensa mais no morto. Viva o doido.

– Meia-Branca é meia lua. Meia casa é meia rua. As ruas vazias do meu coração – alegrou-se Pedro Infante, o dono da venda. Por um atalho ele chegava aonde queríamos: os versos que Alcino fez, no dia em que a égua Meia-Branca morreu.

Outro descarrega o fardo, relaxa:

– Bota mais uma aí, Pedro. Bota essa também na conta.

A venda se ilumina: já não se morre mais.

– E as mulheres, Pedro? Por que é que nesta birosca nunca entra mulher?

– Isto aqui é uma casa séria.

Saracoteios a caminho de um copo: um corpo que sugere uma umbigada diante de outro corpo. Antes da talagada, o homem canta:

– Sertão de muié séria e de homi trabaiadô ô.

Os outros parecem não compreender tanta alegria. Mas já estão envolvidos por ela, queiram ou não.

– Como será que o doido se vira, desde que a égua morreu? – diz o da cachaça, tabacando a boca do copo, com a mão aberta. Agora é ele quem cantarola: – Meia-Branca é meia lua –

– Nas jegas, como você – aponta um que se levanta e pede dois dedos. "Só dois dedos."

– Alto lá. Eu sou casado.

– Com a jega Mimosa? – a cachorrada arreganha os dentes, quer morder o osso.

– Aí, hein? Casado na igreja e no barranco. Cada um tem a rapariga que merece.

– Atirem a primeira pedra. Atirem – o acusado olhou para o fundo do copo. Ia pedir outra. – Eu quero saber mesmo é como o doido se vira. A égua morreu, não morreu?

– Ora, não foi nesse dia que ele deu para fazer sermão?

– E que culpa tenho eu da égua ter morrido?

– Ninguém está dizendo que você tem culpa.

– Mas tenho que ouvir esse doido. É de azucrinar o juízo.

– Pior do que isso foi uma mulher que aceitou se casar com ele.

– Ainda bem que ela se arrependeu a tempo.

– Meia-Branca também já está arrependida, na barriga dos urubus.

– Que nada. A égua morreu gemendo. Se bicho falasse, Meia-Branca teria dito, antes de fechar os olhos para sempre: "Alcino, morro feliz. Porque nunca conheci um cavalo igual a ti."

– E não conheceu mesmo.

Presepadas no bafo quente da tarde. A vida alheia é uma brisa nas bocas encharcadas. Hoje, lavamos a nossa alma nas costas do doido. Amanhã será outro, mas pouco importa. Ainda estamos vivos.

– Um dia topei com Alcino montado nela – segue o que falou por último. – A égua abocanhava um galho de mato e rangia os dentes, de tanta satisfação. Naquele tempo o doido ainda não era doido e quando me viu foi dizendo: "Olhe, seu moleque descarado. Eu não estou fazendo nada disso que você está pensando, não. Se você continuar pensando o que está pensando eu vou bater com esse cacete na sua cabeça."

A venda estremece:

– Você viu de que tamanho era o cacete?

– Não. Saí correndo.

Garrafas dançam nas prateleiras. Pedro Infante tenta dominá-las. Basta uma gargalhada para o mundo desabar.

– Você devia estar muito parecido com a mulher que se casou com ele.

Todos se lembravam, não se lembravam?

Uma mulher batendo em fuga, por dentro de um quintal de mandioca, mais veloz do que um raio. Atrás dela, a fúria de um homem nu, que se embaraça e se atrapalha nas manaíbas, vítima da sua própria manaíba. Pareciam dois malucos varridos. A mulher parecia ainda mais maluca e mais ligeira. Pulou a cerca e ganhou o mundo, para um nunca mais. Ele gritava:

– Pera aí, pera aí. Não fuja. Calma lá. – A noite se vingava do homem e da mulher, pela boca dos moleques da rua: – Pega, pega. – Eles estavam à espreita, desde o começo, olhos enfiados nas frestas e os ouvidos colados às paredes. Queriam saber em que tudo aquilo ia dar. Não precisaram esperar muito.

O casamento de Alcino não passou da primeira noite. E terminou no exato momento em que ele tirou a roupa e se estirou na cama, de papo para o ar. Na sua ânsia, esquecera de apagar o candeeiro, ou talvez nem fosse por isso. Talvez estivesse querendo ver de perto como era mesmo o corpo de uma mulher. E foi a luz acesa a razão da sua desgraça. A mulher nem chegou a se despir. Ao perceber o que lhe fora reservado, bateu em retirada. Dizem que ele começou a ficar doido a partir desta noite.

Todos sabiam que Alcino era um desmarcado. E o sabíamos porque ele não tinha o hábito de usar cueca e ainda por cima se vestia sempre com uma calça de pano fino, muito leve, presa à cintura por um cordão, como se fosse um pijama. Era diferente até na maneira de vestir-se: as calças, muito justas, nunca iam além da metade da canela. As mulheres jamais o mirariam da cintura para baixo. Menos discretos, os homens espalhavam que ele era filho de um jegue.

Nos dias em que a lua ataca, ele inventa palavras difíceis, que ninguém entende. Ninguém sabe onde inferno Alcino aprendeu tanta palavra difícil. Mas já não lhe prestamos muita atenção.

– Ele é assim porque devia ser padre mas ninguém botou ele no seminário – dizem as zeladoras da igreja.

– Ele é assim porque bate punheta demais – dizem os da venda.

– Pedro, me empresta a tua égua. Hoje eu estou retado.

– Quanto você dá por ela?

– O que você quiser.

– Passe lá a nota.

– Bote na conta.

Até parecia que nada tinha acontecido, que a vida era assim mesmo, uma missa de vez em quando, uma feira de oito em oito dias, uma santa missão de ano em ano, uma safra conforme o inverno e vamos lá, bota mais uma, até que um homem entrou, sisudo, de pouca prosa, isto é, da espécie de prosa que estava rolando de um copo a outro. Paramos de rir. Talvez porque fosse um velho, um velho bem velho. Só por isso. Ele disse:

– Custa a crer. É destas coisas que a gente viu, sabe que é verdade, que aconteceu mesmo, mas não quer acreditar.

Ainda ontem eu estava aqui, debaixo deste mesmo teto, desta mesma luz que me alumia. Aí ouvi uma música, que vinha lá de cima, do lado da igreja. Cheguei ali na porta e vi que era Nelo que vinha vindo, com seu rádio ligado na Rádio Sociedade da Bahia. Ele vinha vindo devagar e eu pensei: um capitalista, um verdadeiro homem das capitais, nunca tem pressa. Fui andando para me encontrar com ele, para saber se era certo o que os meus olhos viam ou era ilusão minha. Eu ia de cabeça baixa, porque os cabelos prateados de Nelo cegavam as vistas mais do que o sol quando bate num espelho. Nos encontramos bem ali, no meio da praça. Vou dizer a vocês: a coisa que mais aprecio numa pessoa é ver a pessoa saber falar. Eu botei a mão no paletó de Nelo e disse, sem amofinação: – Matando as saudades da terra, homem? – Acho que esse pedaço da minha conversa ele não ouviu direito, mas quando Nelo abaixou o rádio eu falei: – Todo entonado, hein? – Fiquei muito orgulhoso do jeito que ele me respondeu e juro por essa luz que me alumia que aqui não tem ninguém para responder as coisas do jeito que ele respondia. Nelo me disse: – Ah, amigo. Agora não é como naqueles velhos tempos, não. A coisa mudou sucessivamente, nas resoluções intempestivas da minha vida. Agora, agora, eu sou um cidadão subdesenvolvido. – Ele nem terminava de falar e eu já estava dizendo: – Obrigado, Nelo. Muito obrigado. Acho que ele ficou orgulhoso de mim também, senão não tinha dito: – Conte sempre comigo.

Custa a crer que um homem desses pudesse – nem gosto de pensar.

– Não sei o que têm esses velhos, que só sabem fazer sermão – pensaria o da cachaça, o mais afoito. Se o dissesse em voz alta, os outros dariam umas boas risadas. Conteve-se. A venda já não era a mesma.

A tarde, porém, continuava igual, azul como sempre esteve. Daqui a pouco estaria pedrês, de passagem para um vermelho que há de anteceder a noite e o medo. Mais pesado do que o ar não era o sino. Era o coração dos homens. Melhor seria o repique alegre chamando para o enterro de um anjo.

Coro:

– Nelo era um homem sem religião.

Esta desfeita o seu defensor (o velho) não ia levar para casa. Disse:

– Só Deus sabe o que se passa no juízo de uma criatura.

Os outros não disseram nada.

5

Não custa a crer, diria eu. Nós íamos colados um no outro, a caminho da roça. Íamos para a casa onde havíamos nascido e que há muito já não nos pertencia. Nelo se derretia no suor, mas eu não podia tirar o braço dele do meu ombro. Ele estava caindo de bêbado. Dávamos um passo e parávamos. Para conversar.

– Totonhim... você não é o Totonhim?

Maneiras paulistas: o fulano, a fulana. Tive vontade de lhe dizer que o povo daqui não gosta de quem fala assim. Na frente, louva-se o sotaque novo do cidadão. Por trás –

– Sim, eu sou Totonhim.

– Então você é meu irmão.

– Claro que somos irmãos.

– Se você é meu irmão, você é meu amigo, certo?

– Certo.

– Então mude de rumo. Me leve para a casa da minha mulher.

– Mas eu não sei onde fica a casa da sua mulher.

– Deve ser em Itaquera. Ou no Itaim.

– Onde diabo fica isso?

– Perto de São Miguel Paulista.

A moça do correio costuma me dizer: "Junco. Capital, São Miguel Paulista." A referência não podia ser melhor.

– Eu não sabia que você era casado.

– Chi – ele levou o dedo à boca. – Vou lhe contar um segredo, Totonhim. Jura que não conta para ninguém?

– Tá jurado.

– Você tem dois sobrinhos.

– Dois, com mais seis, com mais quatro, com mais dois – quantos serão ao todo? Perdi a conta.

– Como se chamam?

– Robertinho e Eliane. O menino tem oito anos e a menina tem sete. Que saudade. Faz mais de um ano que não vejo eles.

– Mas só faz três semanas que você está aqui.

– Deixe isso pra lá. Me ajude.

– Nós estamos no Junco, homem. Quantas vezes na vida você não já passou por essa estrada? Lembra?

– Com uma lata de leite na cabeça e os sapatos pendurados no pescoço. Aquela vida: entregar o leite, depois procurar uma casa que me desse água para lavar os pés. Você também passou por isso, não passou?

– Nem tanto. Nosso tempo foi diferente. Éramos muitos. Seu azar foi ser o mais velho, não foi?

– Chame um táxi, rapaz. Eu pago. Custe o que custar.

– Táxi aqui só se for lombo de jegue.

– Acho que você não é o Totonhim.

– Eu sou Totonhim.

– Então me ajude. Preciso achar a minha mulher e os meus dois filhos. Eu mato ela e você me ajuda a trazer os meninos. Se eu pego o filho de uma égua daquele *baiano* –

– Nós também somos baianos.

– Mas ele é um cabra ruim. Me roubou tudo o que eu tinha. Ainda por cima é meu primo.

– De quem você está falando?

– Não, Totonhim. Isso eu não lhe digo. Vamos correr para debaixo de uma moita.

– Por quê?

– Por causa da chuva.

– Que chuva?

– Já vi que você não é o Totonhim.

– Eu sou Totonhim.

– Está chovendo, Totonhim.

– Está é fazendo um sol de rachar.

– Então é chuva com sol.

– Não estou vendo chuva nenhuma.

– Chove verde nos meus olhos, Totonhim. Eu estou vendo. E se eu estou vendo, não estou inventando.

Nesse momento olhei pela janela aberta entre o seu olho e a lente verde de seus óculos. Falei:

– Você tem razão. Mas é uma chuva fininha. Vamos andando assim mesmo.

– Ah, não. De jeito nenhum. Não quero me molhar, senão o meu terno desbota. Só trouxe este. Mas trouxe muitas camisas, não trouxe?

– Não vi a sua mala – eu queria mesmo mudar de assunto, para ver se ele não falava mais da chuva.

– Na volta eu lhe mostro. Quer dizer, se você for mesmo o Totonhim.

– Eu sou Totonhim.

– Então me leve para a casa da minha mulher.

– Ela está em São Paulo, Nelo. E São Paulo está longe como o inferno.

– Itaquera ou Itaim, eu já lhe disse. Pra lá de São Miguel Paulista.

– Pois é.

– Chame um táxi, porra.

– Estamos chegando. Olhe lá a casa. Continua no mesmo lugar.

Nelo tirou o braço do meu ombro e deu alguns passos à frente, com certeza para que eu não o visse limpando os óculos. Estávamos no começo da ladeira que descamba entre duas cercas de macambira, uma das quais ele tinha ajudado a fazer, cavando o valado, junto com os trabalhadores. Papai vivia contando isso e vivia dizendo que Nelo era o melhor de todos os seus filhos. – Foi o único que puxou a mim – lamentava-se, diante da nossa má vontade em pegar no cabo de uma enxada. Mesmo assim todos nós iríamos passar o resto da vida chamando aquela casa de *a nossa casa*, principalmente papai que, ao deixá-la de uma vez para sempre, nem teve coragem de olhar para trás.

– Você está certo, Totonhim. Não teve chuva nenhuma.

Ele agora contemplava a casa e os pastos como se estivesse diante do túmulo de alguém que tivesse amado muito – e o efeito do que estava vendo devia ser muito forte, porque já não parecia tão bêbado como antes.

– Vamos voltar?

– Não quer ir até lá? A cancela é logo ali embaixo.

– Eu sei. Mas fica pra outro dia.

– Mas já que chegamos até aqui –

– Hoje, não – ele disse e foi andando na minha frente, de volta à rua.

Calado e fechado: trancado.

6

— Foi feitiço – disse mamãe.

7

Eles chegaram com as luzes acesas, o que significava que ainda não eram dez horas. Significava que a Rural da Prefeitura foi e voltou voando. E olhe que daqui a Feira de Santana é uma longa estrada, sem asfalto. Certamente o motorista conhecia os melhores atalhos. Queiramos ou não, um prefeito sempre tem as suas utilidades.

O filho era deles. Que chegassem logo e cuidassem do enterro – foi o que pensei, enquanto estive à espera. E que espera. Se o mundo continuasse se movendo sempre com a lentidão daquela tarde, nunca mais se acabaria. Fiz planos, estudei palavras – os chás de casca de laranja que Zé da Botica me dava, um atrás do outro, eram adocicados demais para fazer o mesmo efeito de uma camisa de força. Eu iria precisar de muita calma no momento em que papai e mamãe chegassem. Iria ter de explicar tudo, desde o começo. Iria pegar numa das alças do caixão. Mas não ia saber dizer por que Nelo não foi vê-los em Feira de Santana, já que o ônibus de São Paulo para primeiro lá.

Bem pior foi o sargento e suas perguntas, que ficaram sem respostas. Ele parecia querer o impossível: que eu lhe dissesse por que meu irmão tinha feito aquilo. É verdade que Zé da Botica, nosso único médico para todas as ocasiões, estava comigo. Se não fosse ele, o delegado teria me aborrecido muito mais do que me aborreceu, embora o seu estúpido interrogatório não tivesse a menor importância, perto do que verdadeiramente me inquietava. Naquele exato momento eu estava me perguntando se papai iria fazer o caixão. E não era uma pergunta irrelevante.

O último que ele fez foi para outro enforcado, um parente nosso que encontramos pendurado num galho de baraúna, em nossos próprios pastos, e até hoje é preciso muita coragem para se passar debaixo dessa árvore, depois que o sol se põe. Me lembro como se fosse agora: papai cortou a corda, segurou o corpo nos braços, do mesmo modo que ele fazia quando levava um de nós, já dormindo, para a cama. Pôs o defunto no chão com cuidado e pediu que trouxéssemos as tábuas e as ferramentas. Também pediu uma garrafa de cachaça. Lavou as mãos com a cachaça, bebeu um gole no gargalo, e começou a trabalhar. Mais tarde chegou em casa dizendo: – Pelo menos esse infeliz não será comido pelos urubus.

– Ele não pode ser comido pelos urubus – digo, já com o pensamento em outra coisa: e se papai demora e Nelo começa a feder? Eu não posso deixar Nelo feder.

– O rapaz está nervoso, sargento – disse Zé da Botica. – O senhor não acha melhor liberar logo o corpo? Um caso desses não tem muita explicação.

Foi um alívio ouvir isso. Zé poderia ter acrescentado: – Ora, sargento, o senhor é o delegado daqui há pouco tempo. O senhor vem de Salvador, vem da capital, e não conhece os muitos mistérios desta terra. Deixe que eu lhe diga: desde que me mudei para cá com minha botica e me casei com uma mulher de sobrenome Cruz e enchi essa mulher de filhos, já vi de perto as dores do parto, e em quase todas as vezes cheguei atrasado, só para ouvir o choro em volta de uma mãe morta. Mudemos de assunto, meu senhor. E estamos conversados.

Imóvel na velha poltrona empoeirada, resto de um passado cujo sentido desconhecia, o sargento parece conversar com o também empoeirado retrato oval do meu avô. Nelo continua engravatado na corda, sob o olhar mudo do patriarca. Mamãe dizia que foi ele quem deu o nó na gravata, no dia em que seu pai tirou esse retrato. "Ele deu um cruzado a meu Nelinho, deu um cocorote na cabeça dele e disse: 'Menino danado de sabido. Tu vai ser gente na vida, meu fio.'" Era o que a velha vivia nos contando, com a boca cheia de orgulho – e de capa de fumo.

Agora eu sei que um homem pode ficar louco e depois voltar a ficar são. Aqui se diz: é o diabo que entra no corpo. Não posso dizer por quanto tempo o diabo ficou dentro do meu corpo, porque naquele tempo eu não tinha um relógio. E se tivesse, não ia ter paciência para conferir a duração daquela loucura. É. Foi uma loucura.

Porque a lembrança daquelas coisas – o nó da gravata, o cruzado ganho como recompensa, mamãe, tudo – me pôs de pé diante do morto, chamando-o para o terreno:

– Você veio aqui só para fazer isso comigo? Você tinha o Brasil inteiro para fazer isso e veio escolher logo esta sala? Acorda, filho de uma égua.

Avancei sobre Nelo. Ia bater nele. Mas Zé da Botica segurou os meus braços, me pedindo calma. Foi então que ele chamou o sargento no quarto ao lado, para uma conversa em particular. Voltei a me sentar, sem coragem de olhar para os dois homens. Cobri o rosto com as mãos, como uma velha que esconde sua carne sob um véu negro, ao entrar na igreja. Era o arrependimento, a vergonha, o desespero. Comecei a chorar.

Quando os dois homens retornaram à sala, um deles me pediu uma receita médica que Nelo carregava sempre no bolso. Respondi-lhe que eu nem sequer sabia que ele andava com uma receita médica no bolso.

– Mas eu sei – disse o farmacêutico.

Era verdade. A receita estava na carteira, uma velha carteira vazia. Digo: sem dinheiro. Porque ela estava recheada com documentos, bilhetes de loteria vencidos, uma carta e uma antiga foto de duas crianças sorrindo. Reconheci os velhos garranchos de mamãe no envelope, antes mesmo de olhar o nome do remetente. Atrás da fotografia estava escrito: "*Papai, nunca se esqueça de nós. Robertinho e Eliane.*" A letra era de adulto, uma letrinha redonda e inclinada para trás. Letra de mulher.

E era tudo. Além da roupa do corpo, com que estava vestido, como se antes tivesse pensado em sair, como se a ideia da morte não tivesse sido uma coisa premeditada. Quem vai querer herdá-la? Não faltarão candidatos para o rádio de pilha, o relógio e os óculos. Ficarei com os óculos. Boa recordação.

– Este aqui é para os nervos – ouvi Zé da Botica dizer, apontando para uma palavra ensebada, entre outras igualmente ilegíveis aos olhos de um leigo.

– Eu sei, eu sei – disse o sargento, dando o caso por encerrado. – Eu sei, eu sei.

Ele saiu e nós ficamos: eu, o farmacêutico, o morto e o retrato de meu avô. Pensei numa boa despedida, que o sargento poderia ter feito, se fosse mais educado, ou capaz de um gesto amigo:

Adeus.
Desatem a corda.
Danem-se sozinhos.

A receita era um segredo – e Zé jurou para si mesmo que não o contaria nem à sua própria mulher, uma Cruz, quer dizer, nossa prima.

Nem sempre podemos cumprir nossas próprias promessas, ele diria agora. Mas, quem pagará a conta?

– Eu tive que mandar comprar os remédios em Alagoinhas, do meu próprio bolso. Quando entreguei a encomenda a seu irmão, ele me disse: "Zé, tenho crédito para isso? Obrigado, amigo. Abra uma continha para mim. Depois nós acertamos."

– Então é com ele que você tem que acertar.

– Onde? No inferno? Não me faça de bobo.

Estávamos com o corpo nos braços, estirando-o sobre os tijolos frios. Nelo tinha os olhos bem abertos. Olhava para o telhado, sem piscar. Cobrimos o corpo com um lençol, da cabeça aos pés.

– Espere pelo dia de juízo, Zé. Não é lá que todos nós vamos acertar as nossas contas?

– Não sou nenhum milionário, rapaz. Você sabe disso.

Já não era o homem manso e delicado de antes, isso é, de quando chegou aqui no lombo de um burro, vindo do Irará, uma terra infinitamente mais civilizada. Além das suas drogas, trouxe nos alforjes um bom estoque de palavras que desconhecíamos, até percebermos que eram as mesmas palavras que conhecíamos, só que pronunciadas corretamente. Foi o bastante para que, de início, o considerássemos um sujeito metido a besta.

– Fale com papai, Zé – digo, já me preparando para sair.

– É o jeito. Você também está sem dinheiro, não está?

Zé possuía um bom coração: da sua botica ninguém saía sem remédio, tivesse ou não tivesse dinheiro para pagá-lo. Quando descobrimos isso, descobrimos o nosso engano: ele não era um sujeito metido a besta. O tempo, porém, nos deu o direito de duvidar da sua competência. Esperar que alguém pudesse se salvar nas suas mãos era tão improvável quanto saber se o próximo inverno ia ser bom ou ruim. Sua defesa: – Só me procuram quando já estão nas últimas.

Mais do que uma crença cega de que todas as doenças podiam ser curadas com remédios – em vez de chás, promessas e rezas – o que parecia mantê-lo vivo era a sua fé de que podia vender fiado à vontade, porque os homens podem deixar de pagar tudo, menos aquilo que eles compram para ter saúde.

Nelo podia até nem suspeitar disso, quando entrou na farmácia e expôs o seu caso.

– Zé, vou precisar da sua ajuda. Quero uns remedinhos.

O farmacêutico, por trás do balcão, de pé, conferia a lista das pessoas que deveriam contribuir para a fundação do ginásio e ficou feliz por ver que ainda faltava um nome.

– Ginásio? Você está brincando. O que, homem?

– É o progresso. Qualquer importância serve – disse Zé. – É para o bem de todos. Seu irmão vai ser um dos professores, ele não lhe contou?

– Tome esta nota agora. Depois eu dou mais.

– Tudo ajuda – disse Zé, que ainda não sabia a verdade: aquele era o seu último dinheiro, o que restava daquilo que se pensava ser uma verdadeira fortuna.

Então ele mostrou a receita e fez a encomenda. E assim como, tempos antes, os exames de sangue e fezes o puseram a nu perante si mesmo, agora tinha o seu corpo inteiramente devassado pelo farmacêutico: os remédios eram para sífilis e esquistossomose. Também precisava dos calmantes, porque andava muito nervoso – esse nervoso que uma vez o fez arrebentar uma pia, deixando-a em cacos, como se fosse uma panela de barro. O outro pedido era o segredo que Zé da Botica, um homem sério e, a bem dizer, seu primo, deveria guardar para o resto da vida.

– Zé – eu já estava trancando a casa e saindo, atrás dele. – Eu pago a conta. Espere até o fim do mês. Assim que eu receber da Prefeitura, eu lhe pago.

– Está certo – disse o farmacêutico. – Não vou contar nada para o seu pai.

Desci para a venda.

Lá, estavam perguntando pela noite do veado.

8

A noite do veado:

Fizeram um trato. Iam dar uma surra no veado, que, além de veado, andava arrastando a asa para uma irmã de Pedro Infante. A ideia foi de Pedro, portanto. Caberia a Nelo fazer o serviço, quer dizer, atrair o veado para a calçada da igreja, quando todos já estivessem dormindo.

– É a mesma coisa que comer uma jega – disse Pedro, que tinha nascido e se criado na rua e era mais esperto do que Nelo, um menino da roça.

– E se mamãe souber?

– Deixa de ser mofino, que ninguém vai contar – Pedro balançava as notas roubadas na gaveta da venda, que naquele tempo era de seu pai.

Então eles acertaram tudo. Os dois já estavam nus quando os outros chegaram. O veado correu, nu mesmo como estava, levando a roupa na mão. Correram atrás dele e o agarraram. Pedro Infante vazou um olho do rapaz, com a fivela do cinturão. No dia seguinte roubou mais dinheiro e deu a ele, para que ele desaparecesse de suas vistas. O rapaz desapareceu, ninguém sabe para onde. Mas quando o seu pai deu por falta do dinheiro, Pedro pôs a culpa em Nelo. Papai pagou o roubo, para limpar o nome da família.

Nelo levou duas surras: uma de papai, outra de mamãe. E ficou de mal com Pedro Infante.

9

A notícia correu solta, o Junco não tem mesmo peias na língua: o dono da venda estava bêbado. Era a segunda novidade do dia. Nunca, em toda a sua vida, ele havia tocado num único gole de cachaça. O diabo caçoa de mais um condenado.

Pedro Infante agora sabia: os tratos sujos não se destratam com o tempo, porque o Deus-Padre do esquecimento não perdoa os nossos pecados. Chegara a pensar o contrário, quando soube que Nelo estava na terra. Em vão.

Pedro ia beber até estourar. Precisava lavar a velha nódoa, mas não era o perdão que estava avistando no fundo do copo, nem simples gotas de cinzano misturando-se à cachaça. Ele via manchas de sangue, as manchas da sua condenação.

Compreenda-se agora por que Pedro não gostou do sargento ter entrado perguntando: – É aqui o velório?

Ei-lo de novo: um homem que poderia ser igual aos outros, não fosse a autoridade que aquele pau de fogo lhe conferia. Há quem pense (mas não diga) que o sargento não descansa a arma, nem quando está dormindo.

– A força que aquele infeliz teve que fazer –

Palavras de compaixão? Sim, sim, irmãos meus. Nem sempre os homens são tão ruins, mesmo o sargento, que é ateu.

Convém não fiar nisso – a dúvida se estampa no rosto estropiado do roceiro velho, o que custa a crer. Leia-se em sua testa: "Não vou com esse delegado. Nunca o vi na missa."

– Uma coisa eu não consigo entender. Por que aqui dá tanto enforcado?

– Me desculpe dizer: pergunte a Deus, não pergunte a mim – informou o velho.

Pedro Infante se benze. Estava pensando: "Por que você fez isso comigo, filho de uma boa mãe?"

É nessa hora que um copo escapa da sua mão, rola e não quebra. Mau sinal. Pedro se abaixa e o apanha, de orelha em pé. A noite está chegando. É de noite que os mortos atacam. Dá três pancadas no balcão, com o punho cerrado. Não tem palavras. Também já não sabe o que faz.

– Está vendo assombração, homem? – ri o sargento, o único aqui que ainda é capaz disto.

– Que venham os demônios. Todos os demônios – Pedro disfarça, e se agarra a um novo copo. – Meu corpo está fechado.

Desta vez, porém, o dono da venda não arreganhou os dentes de ouro que o distinguiam de qualquer outro membro da raça humana.

Foi o Dr. Walter Robatto Júnior quem os colocou em sua boca. O famoso cirurgião-dentista da Praça J. J. Seabra, Alagoinhas–Bahia. Walter com W, Robatto com dois tês. Um homem com um nome desses já nasceu doutor, Pedro voltou dizendo, por trás do seu sorriso milionário. – Essa porcaria de Cruz é que não dá futuro a ninguém. Eis aí a nossa derrota. Nascemos com um nome que só serviu para o castigo de Deus Nosso Senhor. Vou mudar meu sobrenome.

E mudou. Passou a se chamar Pedro Batista Lopes e não mais Pedro Batista da Cruz. O Infante era apelido.

– Como é que foi mesmo aquela história do veado? – A coisa engrossa. Brincadeira tem hora, pensaria o velho e todos os mais velhos. O dono da venda concorda:

– Que história, sargento?

– Não se faça de esquecido, homem. Impossível você ter perdido a memória, de ontem para hoje. Nós até demos umas boas risadas.

– Pelo amor de Deus, sargento. Hoje não é dia de relembrar essas coisas.

– Cadê os seus culhões, Pedro. Só servem para mijar?

– Quer fazer o favor de parar com isso, porra.

A cachaça fervia na pele alva de Pedro Infante, um homem de muitas manias. Nunca se expunha ao sol sem cobrir as costas das mãos com os punhos da manga e o pescoço com a gola da camisa. A proteção era total: a qualquer hora do dia podíamos encontrá-lo com um guarda-sol aberto, para não se queimar, mesmo que fosse entre a venda e a sua casa. Também o víamos assim sobre um cavalo, a caminho das roças de seu pai, que acabaram sendo dele, quando o velho Jeremias bateu as botas, deixando-lhe ainda uma venda cheia de mercadorias já pagas, porque o finado Jeremias nunca foi homem de comprar fiado. Ninguém aqui teve mais sorte do que Pedro Infante. Até mesmo quando o assunto *mulher* se tornou uma visagem a perseguir os seus olhos solitários, o cavalo foi bater no endereço certo, embrenhando-se por léguas e léguas: um pasto fértil contemplado da varanda por moças belas que sabiam muito bem contar suas próprias cabeças de gado, de olho na estrada. O cavaleiro Pedro Infante, rasgando baixadas e catingas, haveria de retornar com sua amada na garupa, a quem presentearia com cinco filhos, provando ao mundo que a cor da pele nada tinha a ver com masculinidade. Se a moça era bonita, o pai dela também não era homem de comprar fiado.

E talvez tenha sido a lembrança de tempos em que os homens valiam alguma coisa porque tinham gado e palavra, que fez o velho roceiro estropiado levantar a voz, pondo um fim na discussão entre Pedro Infante e o delegado.

– Meus senhores – o velho ficou de pé, de chapéu na mão, porque um homem de respeito não entra na igreja nem se dirige a outro homem de chapéu na cabeça. – Eu quero dizer aos senhores que hoje é um dia, para mim, tão triste como a sexta-feira da Paixão. Um parente nosso, nosso conterrâneo e filho de uma família que merece todo o nosso respeito, acabou por ceder às tentações do demônio. Os senhores deviam compreender que hoje não é dia para desentendimentos. Melhor era que todos rezassem pela alma daquela criatura. É isto o que eu peço. Deixem de algazarras e zombarias. Deus haverá de ser reconhecido a todos.

O velho voltou a sentar-se no seu tamborete e agora havia paz na venda, outra vez. Virou-se para mim:

– Que hora compadre vem?

Disse-lhe que não sabia, mas que ele já devia estar chegando e minha resposta serviu ao menos para abafar um comentário do delegado, que se encontrava na parede oposta à nossa, se bem que a distância fosse curta. – Vocês são muito engraçados – foi esse o seu comentário e eu não consegui entender o que ele quis dizer com isso.

Desinteressando-se dos vivos e dos mortos, o sargento ajeitou as costas contra o balcão, cruzou as pernas e passou a olhar para a praça vazia, como se estivesse querendo descobrir algum segredo além do chão da praça e das casas, além do Cruzeiro dos Montes e da Ladeira Grande, a mesma ladeira que fez de São Paulo um caminho de roça, e de onde ele avistou o Junco pela primeira vez, há seis meses atrás. Nada sabíamos a seu respeito, a não ser que tinha uma consciência muda e o direito à força estampado no seu brim cáqui de mangas curtas. Veio com a mulher e os dois filhos na boleia do partido governista, para lavar as cuecas sujas dos seus correligionários, com suas próprias mãos. O partido perdedor entregou-lhe a taca, enfiou o rabo entre as pernas e foi plantar feijão. Mas o novo delegado que não se metesse a frouxo. Seu batismo se deu num dia de feira, dia de rua cheia. O sargento pegou um ladrão barato, desses que roubam pão de ló nas barracas, botou o ladrão em cima de uma lata de goiabada vazia e abriu bem as janelas e a porta da cadeia, para que todo mundo visse e apreciasse o seu método de trabalho. O aviso era claro. Muito mais claro do que a água que bebemos. Feita a advertência, uma nova era haveria de começar numa terra sempre igual a si mesma, dia após dia: gente se amontoando na janela do sargento, para ver a novela das oito, na televisão – esse milagre que só um homem da capital poderia nos ter revelado. Bailes nas noites de sábado, não mais o forró rasgado de sempre, mas música moderna na vitrola de pilha. Esquecemos as corridas de cavalos nas estradas, nossa velha distração das tardes de domingo. Agora tínhamos o time dos Casados jogando sempre contra o time dos Solteiros, no campo que o próprio sargento fez, ele mesmo pegando na estrovenga e na enxada. E já se programava a Seleção do Junco contra a Seleção de Inhambupe, Irará, Serrinha e até mesmo contra o Atlético, de Alagoinhas – os mais afoitos planejavam um convite ao Esporte Clube Bahia, cuja redação o sargento também faria.

Eram novidades demais para os nossos dias mortos, e ninguém tinha dúvidas de que precisávamos de um candidato moderno nas próximas eleições.

Foi esse o Junco que Nelo encontrou, vinte anos depois. Mas foi também sua chegada que trouxe uma modificação sutil e embaraçosa ao rumo de um progresso que parecia inabalável, aos olhos de todos nós. Sem razão aparente, o sargento começou a murchar, desanimado. Pensou-se em alguma doença inconfessável, pensou-se em mau-olhado, culparam a inveja do partido perdedor – o velho seca-pimenteira a se roer de ciúmes só para atrapalhar os caminhos do Junco para o seu desenvolvimento irrefreável.

– Como é, sargento. Vai ter a festa dos vaqueiros?

– Vai, sim.

– Quando?

– Qualquer dia desses.

– O senhor prometeu. Veja lá.

A sombra da igreja se encontra com a sombra das casas, no meio da praça. Daqui a pouco é de noite. E se papai não vem?

Olho para o sargento e ele continua perscrutando o chão da praça. Perscrutando, esmiuçando: sem palavras, sem tristeza, sem alegria.

Eu sei que ele queria matar o meu irmão. Eu sei. Desde o dia em que sua mulher perguntou quem era o homem que estava sentado na calçada da igreja. Ela disse que o homem que estava sentado na calçada da igreja era bonito. E então...

Não pense mais nisso, sargento. Você perdeu apenas a chance de matar um homem, que já chegou aqui morto, como se verá.

10

Eles me agarraram pelas orelhas e pelo pescoço e bateram a minha cabeça no meio-fio da calçada. Berrei. Que meu berro enchesse a rua deserta, subisse pelas paredes dos edifícios, entrasse nos apartamentos, despertasse os homens, as mulheres e as crianças, rachasse as nuvens pesadas e negras da cidade de São Paulo e fosse infernizar o sono de Deus: – Socorro. Estão me matando.

Uma luz se acendeu ao meu terceiro grito e um homem chegou à janela. Ficou olhando. Eles continuaram batendo a minha cabeça no meio-fio. A luz entrou no meu olho, dura e penetrante, como a dor. Era um holofote, era um facho, era uma estrela. Foi nesse momento que a mão de papai apareceu, me oferecendo um chapéu. – Cubra a cabeça. Assim dói menos. Tentei esticar o braço mas, quando a minha mão já estava quase agarrando o chapéu, levei nova pancada.

– Você me denunciou, Totonhim. Olhe o resultado. Fuxiqueiro de merda.

Eles riram.

Senti um cano frio coçando o meu ouvido.

– Despacho?

– Aguenta um pouco.
– Depois, como a gente faz?
– Joga o presunto no Tietê.

Papai desapareceu sob as águas. O chapéu boiava na correnteza.

Às margens plácidas, águas turvas.

Tietetânicas.

Ventos frios, homens fortes: do Sul e do Norte.

Tape o nariz e boa sorte.

– Eu não fiz nada. Juro por Deus.

Cacos da minha cabeça voavam e se espalhavam pela calçada.

Eles continuavam batendo.

– Passa o dinheiro, vagabundo.

– Eu não sou ladrão. Podem me matar, mas eu não sou ladrão.

– Então mostra os documentos.

– Esqueci em casa, já disse.

No princípio foi apenas a ilusão.

Eu ia correndo para o ponto final do ônibus, quando eles gritaram "Pega, ladrão!" Não ouvi. E se tivesse ouvido nunca iria imaginar que era comigo que estavam gritando. Continuei correndo e eles voltaram a gritar "Pega, ladrão!" Me desviei de carros, atropelei pessoas, me bati contra os postes, sempre correndo. Eu não podia deixar que aquele ônibus partisse ali da Praça Clóvis sem que primeiro eu visse, com os meus próprios olhos, se a mulher e as duas crianças que estavam na fila eram quem eu estava pensando. "Pega, ladrão!" – desta vez foi bem perto e eu pensei: – Roubaram um comerciante e este ônibus está roubando a minha mulher e os meus dois filhos. Forcei as canelas, avancei mais uns metros, mas já não adiantava. O ônibus partiu. E eu parei, botando as tripas pela boca, uma dor imensa no coração. Fui agarrado.

– Volta, volta – me debato, esperneio, imploro. – Estou me endireitando, estou ganhando dinheiro outra vez, faço negócios, compro confecções aqui e vendo no norte do Paraná – me sacolejo dentro das malhas, uma rede de malhas: os braços. – Semana passada ganhei um dinheirão em Londrina, parei de beber, agora trabalho duro, volta – um alicate na barriga, um arrepio, um estremeço. – Volta, serei outro homem para você, serei outro Nelo, me perdoa, volta – um trompaço, mexem em meus bolsos, onde está a arma? – Não aguento mais, quero ver os meus filhos, quero acordar todos os dias e ver os meus filhos – me apalpam, me beliscam, os faróis me atordoam, o povo me rodeia, todo mundo quer ver, o que foi que houve, um ladrão. – Volta, volta, pelo amor de Deus.

Comecei a chorar.

– Confessa, você ia raptar os meninos.

– Confessa, você ia matar *sua* mulher.

Olá, Zé do Pistom, quanta honra. A que devo essa surpresa?

Era ele mesmo, o baiano. O primeiro emprego que arranjou na vida foi por meu intermédio. Cobrador de ônibus: Penha–São Miguel Paulista. Depois virou polícia. Depois roubou a minha mulher e os meus filhos. – Onde está o revólver que você comprou para me matar? – Zé me revista, me alisa, me ferroa. Não sei como, qual foi o milagre, mas consegui dar uma joelhada em sua barriga. Então eles me pegaram pelas orelhas e pelo pescoço e bateram a minha cabeça no meio-fio da calçada.

– Confessa, você é ladrão.

– Confessa, você é vagabundo.

– Confessa, você é marginal.

Eu disse não, não, não, não.

Não, não, não, não.

Não.

Marginal: uma avenida larga margeando o Tietê.

Tietê: águas escuras, fundas. Tietetânicas.

Ao fundo, a cidade de São Paulo.

Eles continuaram batendo e já era tarde e não havia mais ninguém na rua e o homem que acendeu a luz e chegou à janela ficou só olhando, e eu gritei: – É mentira. É tudo mentira.

– Confessa, corno.

Papai apareceu de novo, só a mão dele, agora sem o chapéu. A mão de papai vinha voando e eu pensei: vai me estrangular. Fechei os olhos.

Não, não, não, não.

Ao longe, as sirenas tocam – lá vem o Pronto-Socorro. As sirenas agora tocam mais perto, mais perto – é o meu socorro. Mas as ambulâncias passam, não param. Um dos homens deu ordem para não pararem.

– Confessa, corno.

Tocam um bolero. Estou dançando. Zé do Pistom está na frente do palco, magro, se contorcendo, com o paletó aberto e a camisa empapada em suor. Um baile em Itaquera, na periferia de São Paulo. Sábado, à noite. As pessoas rodam. O salão roda. Minha cabeça roda. Você é daqui?, ela sussurra, suave, luminosa, como a música. Não, moro em São Miguel Paulista. Silêncio, espera. Círculos de nuvens brancas, piso nas nuvens, machuco um pé. Dificuldades, vergonha: Me desculpe. Não, não tinha importância, foi ela quem errou o passo, fazia tempo que não dançava, entende? Eu também, eu também. Que nada, você dança otimamente. Agora minhas pernas bambeiam de vez, estou perdido. Como esse cara toca, ela diz. Ele é meu primo, eu digo. O cobrador de ônibus Zé tocava pistom aos sábados, nos bailes das redondezas, depois virou polícia e esqueceu o pistom, e no intervalo ele veio para a mesa, a moça já estava na mesa e eu digo tenho o prazer de lhe apresentar o maior artista do Junco e ela ri e pergunta onde diabo fica isso, quer dizer que vocês são baianos, não se parecem com os baianos, não têm a cara amarela e espinhenta como os outros e têm os cabelos bons, minha cabeça roda, o mundo roda, aperto o seu corpo, cheiro de mulher, corpo de mulher, aperto o seu corpo para sempre, para sempre.

Eles estão mijando na minha cara e eu estou tomando um banho no riacho lá de casa, as águas do riacho lá de casa vão para o rio de Inhambupe que vai para o rio Tietê, seguro um tronco de mulungu, para não me afogar, bato com as pernas na água, devagar, sem pressa, sem medo de me afogar, o tronco escorrega e escapole, desço ao fundo, enfio a cara na lama, volto à tona, estou me afogando: – Socorro.

– Confessa, corno.

O par de chifres cresce na minha testa, vira um galho imenso, florido, flores vermelhas, lindas, radiante à luz da manhã. Agora o galho pesa, não me aguento de pé. Caio.

– Cortem logo essa porra de vez.

– Não temos pressa – eles disseram.

O mijo escorre quente e fedido, é a chuva que Deus mandou na hora certa, viram como foi bom a gente plantar no dia de São José? Ajudei papai a plantar o feijão e o milho, eu, mamãe, as meninas e os trabalhadores, e todo dia eu acordava mais cedo, para ver se a plantação nascia, era bonito ver uma plantação nascendo, e mais bonito ainda era vê-la crescer, as folhas se abrindo, orvalhadas, de manhãzinha.

– Onde você escondeu o dinheiro, ladrão?

Não, não, não, não.

Mijo: cerveja. Sonho: alívio.

Eles se aliviam sobre mim, me refrescam. Não podem bater e mijar.

Papai, tomara que tudo melhore, eu penso nisso o tempo todo, tomara que tudo melhore.

Nossos pastos já foram verdes, eu sei. Já não temos mais pastos.

Preciso mandar um dinheiro para o senhor comprar de novo a roça e a casa que o senhor vendeu, tomara que tudo melhore.

Faço fé na loteria, toda semana. Jogo, perco, jogo, perco, nunca acerto.

Trabalho duro, tento me regenerar, até parei de roubar, digo, parei de beber.

Mijo: água. Sonho: calma.

Quantos serão? Não sei. Não os vejo. Uma dúzia, talvez. O pior de todos é esse Zé do Pistom, agora metido com a polícia. Agora mijam de dois em dois. Na minha cara. Até o senhor Zé, meu primo. Baiano.

Eu plantei o pé de fícus na porta, já deve estar uma árvore bem grande.

Eu plantei cinco castanhas, nasceram cinco cajueiros, na roça de mandioca.

Um dia ainda eu mando dinheiro para o senhor comprar de novo a nossa roça.

Se dinheiro tivesse, mais eu fizesse, eu queria, creia, eu queria.

Mijo: remédio. Principalmente o de vaca.

Não consigo abrir os olhos, mas sinto que ainda estou vivo.

– Levanta, corno.

Mamãe, quando ela disse a seus pais que ia se casar comigo, eles se revoltaram:

Todo baiano é negro.

Todo baiano é pobre.

Todo baiano é veado.

Todo baiano acaba largando a mulher e os filhos para voltar para a Bahia.

Mas nós nos casamos assim mesmo. Tivemos dois filhos (um dia ainda lhe mando um retrato de seus netos).

Depois ela fugiu com Zé do Pistom e levou os meus filhos.

Zé está me matando. Eles estão me matando. Deve ser uma dúzia de homens, fardados e armados. Aqui, no meio da rua. Na grande capital.

Dinheiro, dinheiro, dinheiro.

Cresce logo, menino, pra você ir para São Paulo.

Aqui vivi e morri um pouco todos os dias.

No meio da fumaça, no meio do dinheiro.

Não sei se fico ou se volto.

Não sei se estou em São Paulo ou no Junco.

– Levanta, corno.

Eles me mandam dançar um xaxado. Não posso, não aguento, não suporto. Voltaram a me bater.

O homem na janela deve ter saído da janela. Apagou a luz, desapareceu, foi dormir.

São Paulo é uma cidade deserta.

Outra pancada e esqueci de tudo.

11

Papai tira o chapéu, se benze, e em seguida descobre a cabeça do morto.

Diz:

– Sua alma, sua palma. Sua capela de pindoba.

Depois me pergunta onde estão as tábuas e as ferramentas.

Começa a fazer o caixão.

Essa terra me enxota

O velho bateu a cancela, sem olhar para trás.

Mas não pôde evitar o baque, o último baque: aquele estremecimento que fez suas pernas bambearam, como se não quisessem ir. Pensou: – Benditas são as mulheres. Elas sabem chorar.

Três pastos, uma casa, uma roça de mandioca, arado, carro de bois, cavalo, gado e cachorro. Uma mulher, doze filhos. O baque da cancela era um adeus a tudo isso. Já tinha sido um homem, agora não era mais nada. Não tinha mais nada.

– Malditas são as mulheres. Elas só pensam nas vaidades do mundo. Só prestam para pecar e arruinar os homens.

Suas pernas não queriam ir, mas ele tinha que ir. Tinha que chegar à rua e pegar um caminhão para Feira de Santana, de uma vez para sempre.

– Tudo por culpa dela – continuou pensando. – Por causa dessa mania de cidade e de botar os meninos no ginásio. Como se escola enchesse barriga.

Se olhasse para trás, veria a grande árvore na porta, sombreando o avarandado – a árvore que ele, a mulher e o filho mais velho plantaram.

O filho desapareceu no mundo, contra a sua vontade, para nunca mais voltar. Era ainda um menino, a bem dizer. Aquela coisa tonta foi a favor. Arreliou o tempo todo, enganjentou, infernizou o juízo do povaréu das redondezas que veio em romaria, para lhe dar conselhos, pedir, pedir, pedir. E foi assim que ele se deu por vencido, como se tivesse de assistir de braços cruzados à sua própria desgraça, daí por diante. Agora o filho parecia se envergonhar dele, porque não respondia suas cartas, isto é, os recados que a mulher esgarranchava em suas próprias cartas, já que ele, o velho, mal sabia assinar o nome em dia de eleição, o que não era nenhuma vergonha, todos aqui são assim: desde que se aprenda a votar, não se precisa saber mais nada. Sua escrita era outra e essa ele tinha orgulho de fazer bem: riscos amarronzados sobre a terra arada, a terra bonita e macia, generosa o ano inteiro, desde que Deus mandasse chuva o ano inteiro. A melhor caneta do mundo é o cabo de uma enxada.

Não, não era para Feira de Santana que queria ir. A mulher e os filhos que lhe restaram que se ajeitassem sozinhos. Homem que é homem não aceita restos. Iria mesmo era para São Paulo ou Paraná, terras boas, onde certamente encontraria uma roça para tomar conta, como se fosse o dono.

E era exatamente esse o recado para o filho, tantas vezes repetido, tantas vezes não respondido. É verdade que uma vez, numa carta para a mãe, Nelo havia dito: "Diga a papai que isto aqui é muito difícil para quem já está velho. Ele não vai se acostumar. São Paulo não é o que se pensa aí. Pelo amor de Deus, tirem essa ideia da cabeça dele."

Essa resposta não servia e o velho julgava compreender por que o filho nunca mais tocou no assunto, nunca se deu ao trabalho de responder os outros recados: – Ele não me quer lá, no meio das suas civilidades. Eu sou da roça e não tenho as novidades dele. É por isso.

Havia acordado na hora de sempre, muito antes do sol raiar. Mas, ao contrário dos outros dias, não teve pressa em sair da cama. Empurrou a coberta encardida para o lado, o traste sujo a ser herdado por outro – alguém que tivesse uma mulher caprichosa, capaz de lavar e esfregar a coberta várias vezes, até tirar todo o lodo, e depois não tivesse nojo de se encobrir com ela. Deixaria também a cama e o colchão. Piolhos e sonhos. Prazer e dor. As pulgas passariam o seu sangue para o sangue de seus sobrinhos (ia deixar tudo para o irmão), mas pulga não fala. Ninguém ia saber como foi. Só Deus e ele sabiam ao certo, o mesmo Deus que lhe deu doze filhos, ali em cima daquele colchão – meninos e meninas que saíam da barriga de uma mulher para a bacia da negra Tindole, a bêbada, levada e milagrosa mãe preta, cujo serviço era pago em litros de feijão. Doze umbigos enterrados no quintal. Doze vezes soltou uma dúzia de foguetes. Sua alegria explodia nos ares, anunciava a renovação. Quieto no escuro, o velho não escuta o dia que nasce lá fora. Tenta ouvir a vida que já teve dentro desta casa. Não ouve nada. Chama:

– Nelo, Noêmia, Gesito, Tonho, Adelaide. Acordem, meus filhos. Vamos rezar a ladainha.

Sua mão percorre o espaço ao lado, outrora preenchido por outro corpo. Nada existe além de uma coberta amarfanhada e fedida. Ainda assim não recobra a realidade, não desperta do seu sonho.

– *Kyrie eleison.*

– *Kyrie eleison.*

– *Christie eleison.*

Para. Seria um sacrilégio continuar. A ladainha não foi feita para ser rezada por um homem sozinho. Tinha que haver as respostas. Uma voz puxando, outra respondendo. Pelo menos duas vozes. Mais vozes houvesse, mais certa a oração, aos ouvidos de Nosso Senhor. Chama novamente pelos filhos. Tão inútil quanto continuar rezando. Contrariado, levanta a voz, invoca o tom do pai de outras eras:

– O que está havendo nesta casa? Vamos, meninos. Acordem.

Levanta-se e percorre os quartos vazios, sem camas, sem nada. Entra na cozinha e acende o fogo. Pensa em fazer um café. Desiste. Joga água nos tições, apaga o fogo. Já que ia embora, para que café, para que fogo aceso? Sai até o avarandado. A barra do dia está nascendo, da cor do ouro. Carregaria estas manhãs para sempre, levaria nos olhos e na alma o raiar destes dias, as promessas da vida nova, deixando sempre um velho dia para trás. Desce até o riacho. Tira a roupa. O corpo nu se reflete na água limpa, esverdeada, à sombra do capim-angolinha, capim de beira de rio. Agacha-se e toca na água, para ver se ela está muito fria. As pontas dos dedos molhados marcam o sinal da cruz. Sempre se benzeu antes de entrar na água, é um costume antigo. Medo de morrer afogado. Medo de cobra. O seu rosto se amplia, agora que ele está agachado. – É sexta-feira, ainda faltam dois dias – diz, coçando a barba. Só vai fazê-la no domingo. Seu pai era assim, seu avô era assim. Barba só de oito em oito dias. Não adianta a mulher reclamar, arrotando novidade: – Homem, aqui não é a roça. Raspe essa cara.

Ainda era um caboco lenhudo, apesar dos cabelos brancos – eis o que vê na água. O rosto espelhado é de lua cheia. Moreno de cabelos lisos, vem da raça dos brancos. Uma filha fugiu com um rapaz de cabelo pixaim, eta filha desnaturada. Deus fez os brancos para os brancos, os pretos para os pretos. Branco com preto não assentava. Ainda bem que os netos tinham cabelos bons. Conforme lhe diziam, puxaram à raça da mãe e não à do pai. Pisa no fundo do riacho, borbulhas de lama sobem pela sua perna acima, até à superfície. A filha só fez aquilo porque sabia que ele era contra. Não pôde por bem, pôde por mal. Fugiu na garupa de um negro, naquele dia o galo cantou fora de hora. O sem-juízo e a desconsideração tinham tomado conta do mundo. Não adiantou soltar os cachorros atrás. Quando foram ver, já estava perdida para sempre. Não demorou muito a ficar prenha. Conselho ninguém ouve. Depois vai-se ver a derrota, sem remendo ou conserto. Mergulha. Seus braços têm cor de terra: é um caboco do Norte. Debaixo d'água se lembra de quando ensinou o filho mais velho a nadar. Pegou um tronco de mulungu e disse: – Segura aqui com as duas mãos. Agora empurra. O mulungu fica sempre boiando, nunca vai para o fundo. Bata os pés. Isso. Foi a primeira vez que ficou nu diante do filho. – Nossa, como o senhor tem cabelo. O menino olhava para o pai pelo rabo do olho, parecia envergonhado. – Quando crescer, você também vai ficar assim. À noite ouviu o filho dizer para os irmãos e irmãs: – Papai tem a rola grande e rodeada de cabelo. Eu vi. A mulher reclamou. O marido tinha agido errado. – Está vendo? Você não devia ter ficado nu na frente dele. Desculpou-se. Não queria melar a roupa na lama do riacho. Ela deu uma surra no menino. Disse que se ele voltasse a falar naquilo apanhava de novo. Era uma mulher sem piedade: batia nos filhos até esfolar o couro. Às vezes brigavam por causa disso. Não aprovava judiação de espécie alguma. Como pai, tinha esse orgulho. Morreria sem nunca ter batido num filho. Bastava levantar a voz. Eles abaixavam as cabeças, escabreados, arrependidos do malfeito cometido. De que adiantou essa boa criação? Os filhos cresciam e lá se iam, agarrados na saia da mãe, esquecidos das marcas que a taca deixou neles.

Agora o velho nada de braço, calmamente. Depois que o corpo se acostuma, a água fica gostosa. Não precisava mais ir para lugar algum. Queria passar o resto da vida dentro daquela água. Talvez tivesse feito isso mesmo se o cachorro não aparecesse de repente, não entrasse na água e não nadasse também, como um homem, de uma ponta a outra do riacho. Já não estava sozinho. O que ia fazer com essa peste? A árvore. Isso mesmo, deixaria o cachorro amarrado na árvore. O irmão que viesse soltá-lo mais tarde. – Aquele sujeito ruim é capaz de deixar o bichinho morrer à míngua, de fome e sede. O irmão não tinha sentimentos com gente, quanto mais com bichos. Não, não dava certo. Era o segundo cachorro da sua vida. Teve que matar o primeiro, que foi mordido por um cachorro azedo. Ao ouvirem os tiros, os filhos caíram num choro de lascar o coração. Foi o único remédio. Ele ia azedar e aí é que ia ser pior. Matava esse também? Já não tinha espingarda. Vendeu na feira, segunda-feira passada. Ia se mudar para uma cidade, lá não tem passarinho. Adeus, codornas. Adeus, nambus. Com um cacete não seria capaz. Seus braços iam fraquejar. Havia um resto de formicida Tatu na despensa. Era o remédio. Olha para o cachorro e pensa: – Todos têm um dia. O seu é hoje. Percebe que ele está inquieto, parece ter descoberto a trama. Mas podia ser outra coisa. Ao sair da água, o cachorro estava sossegado, se espojando no capim. Agora late e se agita, perto de uma moita, da qual faz que vai se aproximar e recua. O velho decide ver de perto de que se trata. Era uma jararacuçu assustada, pronta para o bote. Mergulha de novo e rapidamente, em sentido contrário, para alcançar a outra margem, esquecido do formicida Tatu. O certo seria dar comida ao cachorro na casa de farinha, deixar a porta encostada, sem tranca, e sair de mansinho, até passar a cancela e pegar a estrada da rua. Era isso o que ia fazer. Apenas isso.

SERTANEJO VELHO, não era um forte. Também não era um fraco.

Ainda era um homem capaz de pegar um tronco de sucupira e transformá-lo, em poucas horas, num eixo que podia durar uma vida inteira. E quando um carro de boi passava cantando pela estrada, ele sabia que em algum lugar alguém estava anunciando a sua fama de mestre carpina.

Sim, era um forte.

Vinha da raça dos vaqueiros e não temia serra-goela, do mesmo modo que João da Cruz, o primeiro vaqueiro, não temeu a mata e as onças, quando o Junco ainda nem existia. João da Cruz, o pai do lugar. O que veio de Simão Dias, para os lados de Sergipe, escorraçado pela seca. Trazia a mulher e um bando de filhos nas costas, todos já morrendo de fome. E foi por ali mesmo, no Junco de Fora, que ele encontrou farinha e abrigo – o descanso para centenas de léguas, que teve que andar a pé. Naquele tempo tudo o que havia era uma fazenda, do Barão de Geremoabo, homem de pele fina, da capital. João da Cruz primeiro matou a fome, depois começou a matar as onças e só não matou o barão porque ele nunca mais apareceu.

Era um forte porque era um Cruz. Mas não podia olhar para a frente. Veria, imponente e solitária, a casa do sogro. Pior: ouviria a sua voz: – Enquanto eu for vivo, não vendo um palmo de terra.

Cumpriu a palavra.

– São umas infelizes. Umas tontas.

Era o velho pensando novamente na mulher.

– Entrou uma tocha – ela disse.

Foi a descoberta de um mistério e o fim de um desespero. Naquela noite, muitos meses depois de casado (tinha 22 anos, ela 17), ele finalmente conhecia o segredo da união entre um homem e uma mulher, o porquê da roupa nova, do véu e da grinalda – o véu que ele sentia ter rasgado e manchado de sangue, nos seus selvagens e contidos impulsos de fera arisca e desajeitada. Era o começo de um entendimento – algo que ele sabia que acontecia com os bichos e com os homens, mas que não sabia como era, pelo simples fato de nunca ter experimentado. Agora você é um homem – podia ter dito a si mesmo. – E ao virar um homem, você gerou um filho homem – podia ter acrescentado, se já soubesse o que viria a saber nove meses depois.

Ela parecia saber o que ele não sabia, parecia já ter nascido sabendo, e este era outro mistério que não compreendia.

– As mulheres já nascem putas. Elas têm que ser trazidas de rédea curta. Nesse dia descobriu um novo sentimento em sua vida, qualquer coisa parecida com o que se chama de ciúme.

– Toda a derrota do mundo começou quando as mulheres encurtaram as mangas e as saias, para mostrar suas carnes. A desgraça do mundo é o pecado – é o que pensa agora, seguindo pela estrada, lentamente, sem ânimo, sem vontade, pensando nas suas muitas filhas, perdidas pelas cidades, longe dele; pensando que não pode olhar nem para um lado nem para o outro.

Para um lado, verá a casa abandonada de seus pais, sentirá saudade. Já morreram, estão descansando no céu, no purgatório ou no inferno.

Para o outro lado, dará com a cara do seu irmão, o que ficou com as terras de seu pai e com a sua própria terra.

– O dinheiro que você recebeu foi só para não dizer que deu a terra de graça – disse-lhe a mulher. – Homem, tu é o maior besta que já houve no mundo.

Foi no dia em que chegou a Feira de Santana com a notícia: os homens do banco estavam apertando, iam tomar-lhe tudo. Entre o banco e o irmão, preferiu vender a propriedade ao irmão. Assim, pagaria a dívida do banco e ainda ficaria com um dinheirinho para abrir um pequeno negócio em Feira de Santana.

– O que você pensa que vai fazer aqui com essa ninharia, homem? – a mulher estava certa, isso ele descobriria mais tarde, mas não era hora de reclamar. O que estava feito estava feito. Voltaria lá apenas para fazer a entrega da roça e assinar a escritura. Nesse dia, tomou apenas uma xícara de café, não quis comer nada. Saiu zanzando sozinho pelas ruas da cidade que ainda não conhecia direito, com a desculpa de que estava procurando trabalho. Talvez aqui também soubessem de sua fama de bom carpinteiro, aqui também ele haveria de se ajeitar. Mas era tudo tão diferente. Não conhecia ninguém, nenhum de seus compadres estava nestas ruas, nestas casas. Desistiu logo no primeiro botequim, onde pediu uma cachaça e começou a conversar com alguns fregueses. Não, trabalho para carpinteiro ninguém sabia onde tinha, todos ali trabalhavam em oficinas mecânicas e postos de gasolina. Continuou bebendo, sem comer nada, sem sair do lugar. À noite voltou para casa, a mulher reclamou da hora. Avançou sobre ela, como se fosse liquidá-la, como se o tão esperado momento da sua vida houvesse finalmente chegado. Mas um filho atravessou entre os dois. Agarrou-lhe os braços, com toda a força – uma força que ele jamais imaginaria que um menino pudesse ter e disse:

– Vamos, velho. Se tu é homem, bate nela.

Abaixou as vistas e amoleceu os braços, sem resistir. Não teve coragem de dizer nada, de fazer nada – embora soubesse que, com um simples empurrão, poria aquele menino no chão.

A HISTÓRIA DO BANCO foi outra encrenca maldita. Bem que o sogro, pouco antes de morrer, e ao atender seu pedido para avalizar as promissórias, havia-lhe advertido: – Compadre, banco é treta. Banco escraviza o homem, como o jogo e a bebida. Compadre, pense bem. Você está tomando dinheiro, pagando juros, para contratar trabalhadores. E se você não tiver uma boa safra? Eles lhe tomam tudo, compadre.

Esperou que o sogro fizesse aquilo que no banco era certo. Mas o homem era duro, não fazia nada pelos filhos, como ia fazer por um genro?

O irmão atiçou, parecia adivinhar tudo o que ia acontecer, há muito tempo ele sonhava em comprar as suas terras. Mas, se a mulher não tivesse endoidecido por esse negócio de cidade e os filhos tivessem ficado, ele não precisaria de trabalhadores, não precisaria de dinheiro de banco nenhum.

– A culpa é dela – voltou a pensar, se lembrando da primeira viagem que fizeram juntos, para uma cidade.

Iam pagar uma promessa a Nossa Senhora das Candeias, na lotação de ano em ano, no pau de arara coberto de lona.

Ele ia na carroçaria, ela ia na boleia.

Não gostou.

Já haviam lhe contado muitas coisas sobre os motoristas de caminhão. Coisas escandalosas, de gente sem-vergonha.

Eles preferiam sempre que as mulheres fossem na boleia, para irem tirando as suas lascas pelo caminho.

Toda vez que iam mudar a marcha aproveitavam para enfiar a mão entre as pernas delas.

E depois ficavam com conversinhas, gracinhas.

Contavam casos imorais.

Pegavam nas mãos delas.

Faziam coisas. Muitas coisas.

Quando voltaram da viagem, ele só falou nisso, um mês inteiro.

Queria saber tudo o que conversaram, queria saber se ela arreganhou os dentes para o motorista.

Na primeira vez ela disse que o rapaz era uma boa pessoa.

Na segunda ela disse que o rapaz era muito animado.

Na terceira disse que, dirigindo o tempo todo, durante tantos dias, o motorista precisava falar mesmo, para se distrair.

Na quarta ela disse que o marido era um bruto e um ignorante.

Na quinta ele disse que ela era uma cachorra.

Daí para a frente iriam passar o resto da vida brigando.

Um dia ela disse que ia embora, ia largar tudo. Voltaria para a casa dos pais.

Então o filho mais velho se atracou em suas pernas e disse:

– Não faça isso, minha mãe.

– Eu faço – ela passou a mão em sua cabeça, os dois estavam chorando. – Você vem comigo. Não aguento mais.

– Quando a gente vai lá, eles maltratam a gente, no meio daquele bando de gente. Fique aqui, pelo amor de Deus – disse o menino.

– Papai gosta muito de você – ela disse. – Ele não vai maltratar você.

– Mas tem os outros. Aquele bando de gente. Não dá certo. Não é a mesma coisa.

O menino tinha oito anos. De repente parou de chorar.

– Eu sei que não é a mesma coisa. Ainda é pior.

– Só vou ficar por sua causa – ela também parou de chorar, olhou para o filho, se perguntando: – Como diabo um bacurinho desses, que nem saiu dos cueiros, pode saber tanta coisa? Vou ficar por sua causa – repetiu.

– E por causa dos outros, mãe. Somos cinco.

– Sim, e por causa dos outros.

– E por causa de papai.

– Sim, e por causa do seu pai.

Foi nesse instante que ele, o velho, veio da sala para o avarandado. Disse:

– Por mim, pode ir.

Ela recomeçou a chorar.

– Não, meu pai. Mamãe fica por causa de nós todos – disse o menino.

Esse menino tem partes com o-que-diga, pensaria de outra vez. Deve ter puxado à mãe. Já deve até saber que não nasceu pela boca de uma mulher, como já tentei que ele acreditasse.

Mas no momento, naquele momento, não pensou em nada.

– Vou na roça de mandioca – avisou, como se não quisesse mais briga, como se fosse um homem de boa paz, o que era, o que sempre tinha sido, o que sempre queria ser.

– Fazer o que, papai? – disse o menino.

– Vou buscar umas manaíbas.

– Para que, papai?

– Depois você vai ver.

DIZEM QUE NA HORA da morte, o homem vê claramente, diante dos seus olhos, toda a vida que ele teve, desde o nascimento.

Era nisso que o velho estava pensando.

Porque se lembrava de tudo, como se estivesse acontecendo agora.

As coisas pareciam ter um novo significado quando ele se dirigiu à roça de mandioca, para pegar as manaíbas. Seu duro e rude coração havia amolecido um pouco – e a vontade era chegar perto da mulher e pedir-lhe perdão, pedir-lhe para que ela ficasse, já tinham cinco filhos e haveriam de ter muito mais, como seus tataravós, seus bisavós, seus avós, seus pais. Deus os criaria, sãos e fortes. Deus lhe daria muitos braços para o eito.

E foi o menino quem o levou a pensar desse jeito.

Dias antes ele, o menino, pegou uns pedaços de arame, tentou fazer uma pequena geringonça, uma coisa parecida com um alçapão, que o filho acreditou ser mesmo um alçapão. Contente e orgulhoso, exibiu o seu invento para o pai. – Mas nenhum canário quer cair. Nem chegam perto – disse o menino, apontando para o esteio do avarandado, onde, com a sua inútil boca aberta, o alçapão dormia, cheio de milho quebrado, que o vento levava pelos ares.

– Que pena que eu tive dele – é o velho sentindo ainda o cheiro da gaiola e do alçapão novos que fez, derretendo-se de alegria. Tomou um canário emprestado, com o qual pegou outro, um canarinho amarelo, cantador, lindo. O menino passava o dia inteiro deitado na rede, se balançando e olhando para o canário. Foi um tempo feliz. Ninguém brigou mais. Mas conversa mesmo, ali em casa, só do canário engaiolado para os outros que cantavam soltos, na cumeeira, pelo lado de fora.

Há quantos anos tudo isso se passou? O velho puxa pela memória, mas não consegue acertar com as datas. Lembra-se de qualquer coisa vaga, coisas da época, como certas conversas na boca do forno da casa de farinha, iluminadas pela claridade dos tições acesos: o ano da guerra civil que havia em todo o mundo, guerras por toda parte, embora em lugares distantes, como um incerto Japão, para onde o sol ia depois que se encobria por trás da montanha longínqua mas visível do seu avarandado, nas horas das Ave-Marias. Era lá nesse Japão que o mundo estava se acabando – esse esquisito Japão que era de dia quando aqui era de noite. Foi seu compadre Artur, o dono do caminhão, quem lhe explicou isso. – Tomara que essa guerra civil fique por lá mesmo, não chegue aqui – disse, jogando mais lenha na boca do forno, nesse ano ninguém ia ficar sem farinha. Lá dentro as mulheres e os meninos raspavam mandioca, um trabalhador puxava o rodo, era um trabalhador de mãos leves, iam ter muita farinha fina, a melhor que existia. – Tomara mesmo, compadre. Mas já estão dizendo que o mundo todo está se acabando. Parece que essa guerra também vem para o Brasil e será a pior de todas. Deus nos livre de uma guerra civil. É a pior das guerras.

Contou nos dedos de dez em dez, cada dedo valendo por dez, e chegou ao cálculo real da sua idade. Tinha sessenta anos. Se havia uma coisa neste mundo de que nunca se esqueceria era o dia do seu nascimento: Ano Bom de 1912. Os anos vividos não eram muitos nem poucos. O pai conseguiu chegar aos noventa e tantos, o sogro passou dos cem e, mesmo caindo de velho, ainda andava para cima e para baixo em cima de um jegue, futucando pelas roças – e isto porque um médico de Alagoinhas o proibira de andar a cavalo. O jegue sendo mais baixo, o tombo seria menor, se caísse. Nunca caiu. Morreu na cama.

– Que mundo é esse onde filho não respeita pai, mulher não respeita marido? – A velha pergunta de sempre entalava-se outra vez no pomo de adão. Morreria sem uma resposta? Palavras que não brotam na garganta goram, como os ovos dos pintos natimortos. Nenhum homem da Terra poderia explicar-lhe isso: por que ele sentia aquele gosto de água podre na boca toda vez que pensava no assunto. Doze filhos no mundo – para quê? Queria um bem danado a todos eles, morria de saudades de um a um, a todo instante. E a paga? O abandono. A solidão.

Não, não olharia para trás. Veria os pastos desolados, os pendões secos dos cactos inúteis, o sisal da sua ruína. Tudo agora poderia ser reduzido à labareda de uma coivara, podia mesmo ter tocado fogo em tudo antes de partir, assim como havia queimado todo o dinheiro nessa plantação, que não serviu nem para uma corda com que pudesse se enforcar. Devia ter perdido o juízo ou foi uma tentação do diabo? O sogro é que era homem de tenência, nunca deu ponto sem nó. – Compadre, esse negócio de sisal é novidade. Tome cuidado, compadre. Isso pode ser a perdição de muita gente – ainda ouvia a voz sábia, o conselho que não quis seguir. – Porque o homem é uma besta que pensa que pensa e por isso pode fazer tudo fiando-se apenas na sua própria vontade.

Ocorre que uma vez tinha experimentado uma plantação de fumo, que deu certo. Foi um ano de muita fartura. Sobrou dinheiro para rebocar e caiar toda a casa, que por anos e anos incandescia as vistas de quem passasse pela estrada. Tirava-se o chapéu para o homem bem de vida que morava nela. Fez até um balaústre no avarandado e pintou as portas e as janelas de azul. Arrancou as velhas pedras do chão, que substituiu por tijolos novos, como nas casas dos fazendeiros afortunados. Comprou roupa nova para ele, a mulher e os filhos, duas roupas para cada um. Naquele ano também lhe disseram que fumo era novidade, torravam-se os cabelos da cabeça na plantação, porque fumo dava muito trabalho e acabava por não render nada. Pura amofinação. Ele tinha a mulher e os filhos para o eito, não gastou muito e encheu a burra. Uma dinheirama que não se acabava mais. Pensou que com o sisal ia dar a mesma sorte, mesmo estando sozinho e tendo que empregar um batalhão de trabalhadores. Só via a hora de encher o caminhão de seu compadre Artur com as verdes palmas da sua roça, para as máquinas do Estado, lá para os lados de Nova Soure. E quando as máquinas devolvessem as suas palmas em léguas e léguas de cordas, já viajando em outros caminhões para a capital, ele haveria de dar uma lição à sua mulher: era a roça quem enchia barriga. Não era a cidade. E tudo seria assim mesmo se não tivesse consumido o dinheiro do banco antes de cortar o sisal. Lá estavam eles, os imensos cactos como folhas de abacaxis inchadas, abacaxis que enlouqueceram e cresceram demais, à espera que o novo dono tivesse trabalhadores para a colheita. Tudo era uma questão de dinheiro, ele sabia. Mas o sogro morreu e não teve quem avalizasse a reforma das letras do banco. Foi uma vergonha, uma injúria. Os homens chegaram, agora andavam de volkswagen e não de jipe, como antigamente. E chegaram com a triste notícia: estava na hora de pagar a dívida. – Aguentem um pouco, meus senhores. Ando muito apertado.

Não tiveram consideração, não levaram em conta que ele era um homem de bem. Um homem que jamais deixaria de pagar aquilo que devia. Tivessem um pouco de paciência.

– Banco não espera. Venceu, está vencido.

Tudo isso se passou debaixo do pé de tamarindo, no meio da feira. O povo via e escutava. Os homens falaram que podiam renovar as letras, se ele arranjasse um novo avalista. Quem? Todos os seus compadres estavam quebrados ou pendurados no banco, com suas próprias dívidas. Abaixou a cabeça, a testa franzida, um desejo imenso de que a terra se abrisse ali diante de seus pés, para que ele entrasse pelo chão adentro, no sem-fim do mundo. Pensou no irmão, o único parente de posses que ainda lhe restava. Mas o irmão estava lá, vendo e ouvindo tudo, se quisesse já tinha se oferecido. No meio da confusão, um grito anuncia aquilo que ninguém esperava, assanha o povo, vira escândalo: – Estão prendendo o Mestre. Venham ver. O Mestre está preso.

Não. Não podia olhar para o lado. Veria a cara da infâmia, aquela infâmia que jamais esqueceria.

– Compadre, você está vendo. Estes homens não querem ter paciência. O que é que eu faço?

– O jeito é vender a roça – disse o irmão.

– Vender assim sem mais nem menos?

– É o jeito.

– Mas a quem? Essas coisas demoram.

– Eu compro – disse o irmão.

– E se eu não quiser vender?

– O banco toma, pra vender depois a outro – o irmão olhava para os homens, como se fosse do partido deles.

– Então está vendido. É tudo seu. Segunda-feira que vem nós acertamos as contas – o velho agora falava para os bancários. – Está resolvido.

Sangue do seu sangue, carne da sua carne. Fruto de um mesmo ventre. Ventre de mulher. Bendito é o fruto. Um irmão lhe tomava o que tinha e ainda dava um tapa em suas costas, como se estivesse fazendo um favor. Nesse dia voltaram juntos pela mesma estrada, conversando. Isto é, o irmão conversava. Ele ia calado. Tinha três palavras na garganta, nada mais: orgulho, ganância, ingratidão. Três desgraças juntas numa mesma pessoa, ali ao seu lado. – Vamos, diga. Quanto você quer pela propriedade? – o velho não ouvia a voz do outro, pensava em coisas distantes, talvez numa ordem a que o universo estivesse sujeito e que ninguém podia quebrá-la. Deus fez a terra, a água e o sal, o sol e a lua, os bichos e os homens – e os homens eram todos irmãos e os irmãos de sangue eram ainda mais irmãos, porque vieram do sofrimento de uma mesma mulher. – Vamos, diga, quanto você quer pela propriedade? – os ventos e a chuva têm dono, o mesmo dono dos homens, o Senhor e Soberano da Paz, da Justiça e da Concórdia. Ele não escorraçava ninguém. – Vamos, diga. Quanto você quer pela propriedade? Foi então que o velho falou, como que voltando a esse mundo de cá, real e traiçoeiro.

– Nada – ele disse.

– Nada o quê?

– Nada mesmo. Nada.

– Você está brincando, compadre? – disse o irmão.

– É nada, já disse e repito quantas vezes você quiser. Nada vezes nada.

No dia seguinte estava mais calmo para ouvir a proposta do irmão, para aceitá-la, para engolir um trato cujos juros ele já estava pagando – em arrependimento.

MUITOS PASTOS e poucos rastos.

O tempo provou que Antônio Conselheiro, o anjo da destruição e da morte, sabia o que estava dizendo. Seria o fim? Era isso o que estava vendo, ali, diante dos seus olhos? Casas fechadas, terras abandonadas. Agora o verdadeiro dono de tudo era o mata-pasto, que crescia desembestado entre as ruas dos cactos de palmas verdes e pendões secos, por falta de braços para a estrovenga. Onde esses braços se encontravam? Dentro do ônibus, em cima dos caminhões. Descendo. Para o sul de Alagoinhas, para o sul de Feira de Santana, para o sul da cidade da Bahia, para o sul de Itabuna e Ilhéus, para o sul de São Paulo–Paraná, para o sul de Marília, para o sul de Londrina, para o sul do Brasil. A sorte estava no sul, para onde todos iam, para onde ele estava indo. Uma vez, em Feira de Santana, ficou parado na rodoviária, durante uma manhã inteira. Uma zanzação sem começo nem fim, um entra e sai de formigueiro vivo. Ficou embasbacado: – Se aqui não é nem bem os princípios do sul, imagine como não será o resto.

– O sul acaba no Paraguai – contou-lhe um tio da sua mulher, que finalmente apareceu no Junco, a passeio, depois de muitos anos sem que ninguém soubesse se ainda estava vivo ou morto. – Eu sei, porque estive lá. Conheço todo esse mundo, palmo a palmo.

Ninguém diria que aquele homem já tinha sido um roceiro. Falava sabido, no seu novo modo aventuroso, dando a entender que por trás de cada palavra estava a inquestionável experiência de um homem viajado. Não contava o que ouviu dizer, mas o que tinha visto. Era sabido também no vestir; sua roupa de todo dia aqui só se usava uma vez na vida, no dia do casamento. Havia ainda o talho na cachola, o corte seco e descabelado que devia ter sido de um facão, como a provar a veracidade dos fatos. O talho lembrava um rego no cocuruto de um monte queimado e, embora cuidadosamente encoberto por um faceiro chapéu de baeta, podia ser notado toda vez que ele coçava o suor nos cabelos que ainda lhe restavam. Sim, tudo aquilo era verdade. O homem deixara um pedaço da sua carne pelo caminho, possuía o saber de quem viveu muito, em muitos lugares. Ora vejam só. Um homem do Junco já tinha ido até ao Paraguai. O que era o progresso. Bobagem. Seu filho Nelo já devia ter ido mais longe, a estas horas. Com toda certeza ele conhecia outros atalhos, mais para lá desse sul, ele, o seu filho, que era muito mais novo e atirado. Impossível o sul acabar nesse Paraguai.

– E como são essas terras por onde o senhor andou, seu Caboco?

– Muito boas – disse o homem. – A derrota são os mosquitos, que não deixam ninguém dormir.

– O que se planta nesse Paraguai?

– Planta-se de tudo. Mas eu mesmo não plantava nada. Meu negócio era comprar bugigangas, para vender em São Paulo.

– Mas isso Nego de Roseno, o dono do armarinho, já faz aqui.

– Só que as bugigangas de lá dão muito mais dinheiro.

O homem viajado tirou uma caixinha do bolso, talvez querendo mostrar ao velho que suas bugigangas não podiam ser comparadas com as de qualquer dono de armarinho borra-botas. Disse que aquilo se chamava cinema. Era um esclarecimento. O velho tinha achado que a caixinha se parecia com uns óculos de alcance.

– Veja, isto é São Paulo.

– Virgem Maria! – ele nunca tinha visto prédios tão altos, cidade tão grande. Sua primeira reação foi de medo. Tudo aquilo podia desabar sobre sua cabeça. O homem mexia na caixinha, mudava as imagens.

– Viaduto do Chá, Ibirapuera, Vale do Anhangabaú, Banco do Estado, Praça da República, Pacaembu.

Nomes estranhos, diferentes. O povo, a comida, o tempo também eram diferentes?

– Faz muito frio e a gente come muito. É por isso que estou tão gordo. Nestas terras nada se parecia com a pobreza do Junco – continuou explicando.

Havia gente de toda parte e dinheiro para todo lado. No começo, trabalhou de pedreiro numa casa e foi chamado para comer deste jeito: – Menos vos dou, vamos manjar? – Sabe o que isso quer dizer, na linguagem da gente? "É meio-dia. Vamos comer."

– E eles entendem o jeito da gente, seu Caboco?

– Uns demoram um pouco, mas acabam entendendo.

Ao falar de São Paulo, o homem enchia a boca, ficava mais importante ainda. Lá, qualquer um podia ser pedreiro e doutor ao mesmo tempo, pois, no fim do dia, tomava-se um banho, vestia-se roupa nova, e ninguém sabia da vida de ninguém.

– Está muito certo, seu Caboco. Tudo muito bonito. Mas deixar essas terras velhas e boas daqui eu não deixo, não.

– Se eu fosse o senhor, experimentava. Aqui sozinho, neste fim de mundo. O senhor devia ir se juntar a seu filho.

Nem me fale nisso, pensou, se lembrando da ruindade do filho, a falta de consideração. Dinheiro ele só mandava para a mãe, e assim mesmo parece que até já deixou de mandar. E os recados? Nem tomava conhecimento, era como se um pai não valesse nada. Mas não pôde evitar a pergunta, o desgraçado do bem que queria àquele filho voltou a aferroar-lhe o peito.

– Viu ele por lá?

– Ver mesmo, faz tempo.

Fazia bem uns dez anos que não chegava ninguém com notícias do filho. Como seria ele hoje? Não tinha nem uns retratos, para ficar olhando e admirando. Nunca se esqueceria daquele parente que chegou contando: – Seu filho é um homem direito. Ele nunca se esquece que é baiano. Dormi uma noite na casa dele, dormimos os dois na mesma cama, um nos pés, outro na cabeceira, como a gente fazia aqui quando era menino. – Como foi mesmo? – o velho pedia, sempre que se encontrava com esse parente. Era uma história que lhe enchia de prazer e orgulho.

– Ele está bem, seu Caboco? Deve estar rico como o diabo.

O homem hesitou. Parecia haver alguma inimizade, um caso mal contado e mais mal explicado.

– Diga lá. Estou doido pra saber – o velho insistia, era impossível alguém chegar de São Paulo sem ter nada para dizer a respeito de Nelo, o seu filho Nelo, o atirado. O que foi contra a sua vontade mas venceu, assim como o povo dizia, por todas essas baixadas e taperas.

– Conte tudo, seu Caboco. Me tire dessa agonia de ficar esperando e o senhor aí calado.

– Só vi seu filho uma vez. Como já lhe disse, isso faz muito tempo.

Más notícias? Pensou em doença, morte, pobreza. Coisa boa ninguém escondia, falava-se logo. Seu Caboco que não o deixasse na dúvida.

– Foi uma vez em São Miguel Paulista – o outro começou, calmo, devagar, medindo as palavras. – Foi num bar, melhor dizendo. Nelo estava no balcão, de pé. Fez uma alegria muito grande quando me viu. Uma festa. (Os olhos do velho pareciam mais acesos do que antes, davam para iluminar uma estrada. Estava imaginando se iria ser alegre assim o dia em que os dois, pai e filho, se encontrassem. Acontecesse o que acontecesse, não morreria sem ver esse dia.) Mas Nelo tinha bebido demais, falava já com a língua enrolada. O homem chamado Caboco continuava falando calmamente, sem pressa, como se não tivesse muito interesse no assunto. Não queria desfeitear o homem que era marido da sua sobrinha, por todos tido e havido como um homem direito. Por isso estava contando. Mas o que ia contar também era uma desfeita. Por isso, falava devagar. – A bebida é a desgraça do homem, Mestre, deixe eu lhe dizer, e ver um homem bêbado é uma coisa que não me dá prazer. Ainda mais se esse homem é meu parente. Isso era certo, o velho lhe dava razão, mas, e a festa que Nelo fez, quando lhe viu, como foi mesmo? – Bem, ele tinha bebido demais, como já lhe disse – continuou o homem chamado Caboco. – Fez um rapapé danado, um alvoroço de doido. Tio, ele gritou pra mim. Conta aqui para esse senhor quem é a nossa família lá na Bahia. Esse senhor a quem Nelo queria que eu dissesse quem era a nossa família aqui na Bahia era o dono do bar, um português zangado, de pouca prosa. Tio, Nelo gritou de novo, ele não quer me vender uma cachaça fiado. Não é um desaforo? O dono do bar parecia que não estava gostando daquilo, temi uma confusão maior. Não que eu tenha medo disso. Quando mais novo, me meti em muitas, e não me arrependo. Então paguei a cachaça que Nelo queria beber fiado, porque não sou homem de deixar em dificuldade um parente necessitado, ainda mais se esse parente está longe da sua terra. Foi só essa vez que me encontrei com ele, Mestre. A desgraça do homem, repito, é a bebida.

– É, seu Caboco. Mas uma caninha de vez em quando todo mundo toma e até faz bem. Por falar nisso, tenho uma cachacinha aí dentro. Não quer experimentar?

– Deus me livre – disse o homem. – Já bebi muito. Agora não bebo nada. Entrei para a igreja dos crentes.

– Foi mesmo, seu Caboco? Que novidade é essa?

Mais tarde o velho pensaria: se eu soubesse disso não perdia o meu tempo. Esse negócio de crente não é da lei de Deus.

Esse homem foi tentado pelo demônio, não sei por que não desconfiei logo. Para mim, crente e comunista é tudo a mesma coisa.

FARINHA DO MESMO saco. Crente, comunista e udenista – diria tio Ascendino, o último dos beatos, se ainda fosse vivo. Saudades eternas daquela cabeça prateada sempre resguardada contra o tempo por um boné branco de coronel graduado. Morreu como viveu: rezando. Alma de passarinho, coração de criança. Foi-se como um santo, virgem e imaculado. Tinha mãos divinas, mãos que faziam cantoneiras, nichos, castiçais e tranças nos cabelos das meninas. Agora ele alegra as meninas do céu, enquanto aqui embaixo tudo se acaba. – Se saudade matasse, velho Dino, eu já estava aí em cima, a seu lado, entoando o coro das suas rezas, entre todos os anjos do mundo. O céu é verde, tio Ascendino? Chove sempre?

Lembranças, refregas, esperanças.

– Todo udenista é descarado. Todo udenista acaba nas profundas do inferno – tio Ascendino não entrava em casa de quem tivesse um retrato de Juracy Magalhães na parede, não aceitava café nem serviço de quem seguisse a canalha daquele homem sorridente e desavergonhado. Comunista não é gente séria: vive rindo. E o riso é o escárnio dos pecadores. Bastava ver os dentes de Juracy no retrato, a cara insincera, o riso impiedoso. Ele haveria de ser a derrota do país, era uma ameaça ao povo cristão, ajudado por uma corja que finge acreditar em Deus, mas Deus sabe de que lado estão os fiéis, de que lado estão os pecadores. – Votem no PSD – gritava, de casa em casa, e seguia em frente, cantando os seus benditos e ave-marias. Os céus teriam que defender a terra contra os infiéis.

O céu é cheio de flores. As flores do mês de Maria. Depois da morte a vida é um perene mês de maio. As flores do céu: rosas, açucenas e jasmins. Todas as flores que existiam, sempre vivas. A seca nunca chegava lá. Preás e calangos corriam à sua vagarosa passagem, enfiavam-se dentro da macambira. O velho rezava. Agora ouvia alguma coisa a mais, além dos seus próprios passos. Ouvia a sua própria voz:

No céu, no céu,
com minha mãe estarei.
No céu, no céu,
com minha mãe cantarei.

– Nelo, Noêmia, Judite, Gesito, Tonho, Adelaide – voltou a chamar pelos filhos, ali na estrada, como se de repente o tempo tivesse rodado para trás e não fosse quase meio-dia (o sol já ia bem alto), mas de madrugada, e ele estivesse acordando no meio da alegre festa dos galos e passarinhos, em redor da casa silenciosa e escura. Era sempre o primeiro a acordar. E quando acordava, ficava alguns instantes ouvindo os filhos ressonarem. Muitas vezes demorava um pouco para chamá-los, porque ficava com pena. O sono da madrugada é o melhor de todos, o mais gostoso. – Nelo, Noêmia, Judite, Gesito, Tonho, Adelaide – chamou de novo, porque da primeira vez não ouviu resposta, estavam demorando para acordar. – Acordem, vamos. Está na hora de rezar a ladainha.

– *Kyrie eleison...*

Impossível. O que está havendo com esses meninos, hoje?

Quem respondeu foi o cachorro. Vinha correndo e grunhindo feito louco, espalhando poeira sobre o mato em volta das cercas, desesperado. – Volta pra casa – o velho atirou uma pedra, que passou raspando entre suas orelhas. O cachorro abaixou a cabeça, parecia entender o que isso significava. Mas não voltou. Agora andava devagar: estava perto do seu dono, sentia o seu cheiro. Ainda grunhia uma espécie de choro, um compreensível lamento. – Volta para o seu novo dono – lá estava o velho, com um pedaço de pau na mão. Apoiando-se nas patas traseiras, o cachorro ficou de pé, balançando a cabeça e as patas dianteiras, como se fosse abraçá-lo. Parece gente, ele pensou. Só falta falar. – Bem, se você quiser vir, venha – falou para o cachorro, jogando o pedaço de pau no chão. – Mas vai ter dois trabalhos. O de vir e o de voltar. Me disseram que não era para eu levar cachorro nenhum. Podia ter dito mais: – Veja como são as coisas. Quem eu quero que me largue, não me larga. E ainda: – Eis quem acabou se revelando o melhor dos meus filhos.

E FOI ASSIM que ele chegou à rua e entrou na venda: com uma mão na frente e outra atrás e acompanhado por um cachorro cansado, lançando espuma pelas ventas.

– Demorei muito?

– Nada, Mestre. O senhor chegou cedo demais. Ainda estamos carregando, no curtume – disse o motorista do caminhão.

– Então eu pago uma.

Ainda estava em jejum. Não adiantaram os convites para o almoço que seu compadre Artur lhe fez. Não tinha fome, não tinha pressa, não tinha nada. Deu uma volta pela praça vazia, batendo de porta em porta e gritando: – Eu vou m'embora, minha gente. Vim me despedir. – Eram poucas as pessoas de quem se despediria. Grande parte destas casas pertenciam a roceiros que moravam longe e só vinham aqui nos dias de missas e santas missões. A praça. Quieta, sossegada, preguiçosa como sempre. Uma igreja e um cruzeiro. Nada mais. Daqui a pouco se animaria com o ronco do caminhão, alguns rostos viriam para as janelas. Saudades de quem ia, vontade de ir também. De noite, depois que a luz se apagasse, apareceriam os lobisomens, as mulas de padre, fantasmas de toda parte. As cidades eram iluminadas, cheias de vida. Não tinham fantasmas.

– Quando é que a gente faz um novo forró, Mestre?

– Acabou-se – ele disse isso com uma gargalhada, a cachaça o reanimara. – Mas pode arranjar um sanfoneiro e umas morenas, que a gente dança até o caminhão partir.

CASOU-SE NAQUELA IGREJA, ali batizou todos os filhos e os filhos dos outros. Devia ter mais de cem compadres.

Nada voltaria a ser o que foi. Essa praça jamais voltará a ser a mata braba que os vaqueiros (filhos e netos de João da Cruz) descobriram e desbravaram. ("Não, Mestre. Foi o gado. O gado vinha procurando água, ali embaixo tinha uma lagoa. Os vaqueiros vieram atrás dos chocalhos.") É. Mas foi um Cruz o primeiro a fincar a primeira casa, a fazer a capela e o cruzeiro. O lugar também não voltaria a se chamar Lagoa das Pombas e Malhada da Pedra. Não havia mais lagoa, nem malhada, nem a tão afamada pedra. Agora era só uma praça. Olhar para trás era perder tempo.

O velho bebeu, conversou, cantou, dançou. Contou todos os causos passados e repassados. O caminhão encostou na porta da venda na hora certa em que o sino da igreja batia as seis pancadas da ave-maria. Benzeu-se, levantando o chapéu. Depois pulou em cima da carroçaria.

– Venha comigo na boleia, Mestre. É mais macio – disse o motorista.

– Muito obrigado. Mas prefiro ir aqui em cima. Assim vou vendo melhor todos esses pastos.

– Na boleia tem mais conforto. Venha.

– Não. Pode ser que você encontre uma morena, pela estrada. Nunca se sabe.

– E o cachorro, Mestre. Vai ficar?

Era verdade. E o cachorro? O bichinho estava outra vez esperneando, se lamentando.

– Me dá ele aí, menino. Vou levar.

Levaria o cachorro que a mulher não queria em Feira de Santana. Ela que se danasse.

Velhas feições tristonhas acabaram por aparecer e levantar os braços num adeus que poderia ser o último.

– Deus te leve, viu?

As vozes se arrastavam, iam com ele, deixando os rastos para trás.

– Eu vou m'embora, minha gente. Rá, rá.

Movimentou o braço e bateu na carga, com a mão espalmada.

– Pra frente, cavalo bom.

Começou a cantar:

Mundo Novo adeus
adeus minha amada.
Eu vou pra Feira de Santana
Eu vou vender minha boiada.

Alegre também era a buzina do caminhão que ia descendo, devagarinho. Passou pelo beco do mercado, ganhou a rua dos fundos e a estrada empoeirada de Serrinha. Mas a voz do velho era mais forte. Ecoava por cima das casas, enchia a praça. Depois sumiu na poeira, na direção do sol, que também ia sumindo.

– Rá, rá – ele gritava, pela estradinha estreita, se defendendo dos galhos que avançavam sobre a carroçaria. – Ê, boi.

Essa terra me enlouquece

1

— Quem sou eu?

Faça essa pergunta a ele e não a mim. Eu sei quem a senhora é. Não tenho dúvidas. Posso reconhecê-la mesmo no escuro desta sala, onde nos encontramos e nos avistamos, onde podemos confrontar os contornos de nossos vultos, muito mal definidos pela parca luz que vem do corredor. Esta sala um dia já se chamou "sala de visitas", lembra? Oh, se lembra. Agora a senhora é a única visita, mas não conta. Não veio aqui por sua livre vontade, eu sei. Todos nós tememos uma hora como esta. E porque a teme até nos sonhos, a senhora passou a vida encardindo as contas de seu velho rosário preto. Em cada prece um pedido: vida eterna para os filhos. Salvação para si mesma na eternidade. Em cada conta, um pedaço de seus desgostos. Vê agora? Tudo tem um fim. Nascemos, crescemos e nos acabamos. O que restou? A saudade. Assim nos vemos: quietos, calmos, encobertos por milhões de mandamentos que nos impedem de dizer o que somos.

– Tudo em paz, graças a Nosso Senhor. É só isso o que sabemos dizer, abaixando os olhos ou desviando-os para os lados. Já não conversamos, não dizemos o que sentimos, não nos olhamos de frente. Agora sou eu quem lhe pergunta: – Por quê? Ouça: seu marido serra tábuas e bate pregos na cozinha. Está fazendo um caixão. Talvez se enterre nesse caixão, junto com o morto, embora venha passar o resto dos seus dias fingindo-se de vivo. Ele vai passar toda a noite nesse trabalho. Não precisará da nossa ajuda e nem da ajuda de um candeeiro. Hoje ninguém terá coragem de desligar o motor da luz. Estamos com medo até das nossas sombras, que se arrastam como cobras sob a fraca luz destas lâmpadas. Elas têm poucas velas. Somos pobres até nisso. Mas não se preocupe demais: pode lhe fazer um grande mal. Há sempre a possibilidade de um esquecimento e a esperança de que tudo volte a ser o que foi. Ouça outra vez. O seu homem (talvez um dia a senhora o tenha amado, talvez nem isso) pigarreou. Deve estar conversando com o serrote ou com o martelo. Não nos diz nada e não é mais preciso. Não me pergunte nada. Também não é preciso.

– Os mortos não falam – ela me responderia, e com toda razão.

Uma coisa eu acabava de descobrir: éramos do mesmo tamanho. Eu e ela, ali, corpo a corpo. Como dois namorados que se reencontram depois de uma longa ausência e se apertam, se apalpam, antes de um longo e apaixonado abraço. Pela primeira vez na vida tive vontade de abraçá-la. Só não o fiz porque não pude. Ela estava apertando o meu pescoço com toda a força que ainda restava em suas duas calejadas e ásperas mãos – mãos que passaram a vida lavando pratos e panelas, varrendo casas e terreiros, cortando cabelos de meninos, cortando e remendando os panos que vestiam os filhos, esfregando roupas sujas. O amor de Deus não chegou a tempo para recompensá-la. Talvez agora ela pense que esse amor nunca mais chegará.

– Você se lembra de mim? Quem sou eu?

Ia dizendo: – A senhora é a filha mais velha daquele homem que está ali, pregado na parede. E a mãe daquele outro que está ali, estirado no chão dormindo pra sempre. Eu queria falar mas não conseguia. Enquanto ela permanecesse com suas duas mãos apertando o meu pescoço, eu não ia poder dizer-lhe nada.

Era como se fosse a hora da minha morte. E naquela hora eu nem me lembrei de que tinha apenas vinte anos e ainda podia viver muito.

Tudo o que me ocorria era uma pergunta. Uma simples pergunta:

– Por que a senhora está me matando?

Se pudesse, lhe diria mais:

– Não me deixe morrer sem entender isso.

Nunca nos amamos, eis tudo. E eu me perguntava: – Por quê? Por que estou agora com o pescoço preso em suas mãos?

Era como se ela estivesse me batendo de novo e dizendo que eu precisava criar juízo, me endireitar. E dizendo de novo:

– Uns nascem para o bem. Outros nascem para o mal.

Era como se eu estivesse lhe dizendo de novo:

– Não pedi a ninguém para nascer.

Nem tudo foi tão ruim assim. Deus seja louvado.

Era ela quem cortava os meus cabelos, as unhas das mãos e dos pés, me lavava os pés. Catava os meus piolhos.

Era ela quem me dava banho de cuia, na bacia.

A mesma mulher que agora apertava a minha garganta, até a sufocação.

Conheço este rosto.

Já o vi louco antes. Esta não é a primeira vez.

Reconheço estas mãos.

Me empurraram porta afora, quando o velho vendeu a roça e eu pedi uma indenização. (Aquilo tudo era nosso, eu disse. E "nós" significa "eu também". Não me deram nada e eu disse: – Um dia volto aqui e mato todos vocês. Fui excomungado, para todo o sempre. Não voltei mais lá e não matei ninguém. Mas continuo excomungado.)

Nestes olhos revejo antigas veredas, cruzes, fachos, despachos.

E me reencontro na próxima encruzilhada, com sete varas na mão.

Portanto, direi o seu nome – por mais que isso me desagrade.

É mais um gesto, simplesmente. Uma prosa à toa. Solte-me a garganta. Faça-me reencontrar as palavras. Por favor.

(Foi como se ela tivesse me ouvido e me compreendido. Porque nesse momento suas mãos se afrouxaram e lentamente foram largando o meu pescoço. Recobro o fôlego, volto a sentir a minha própria respiração. Ainda estava vivo.)

– A senhora é a minha mãe – eu digo, certo de que estava dizendo uma verdade absoluta.

– Não – ela disse, e sua voz estremeceu telhas, ripas e caibros. E, ao dizer isso, já estava novamente com as mãos apertando o meu pescoço.

– Eu sou o arcanjo Rafael – acrescentou, revirando os olhos, como a confirmar que não era mais uma alma deste mundo.

Balancei a cabeça, demonstrando que estava de acordo:

– Sim, a senhora é o arcanjo Rafael – disse-lhe, assim que ela retirou as mãos do meu pescoço, definitivamente.

– Agora você já sabe. Todos precisam saber.

Suas palavras foram acompanhadas por uma estranha espécie de latido.

Pensei: – Nelo não vai poder dormir direito, com um barulho desses.

Ele continuava estirado no chão, bem ao nosso lado.

2

(Naquela noite tive dois trabalhos: velar um morto e levar minha mãe para um hospital de Alagoinhas, o que ficava mais perto. Não foi nada. Apenas trinta léguas de viagem. Quinze de ida, quinze de volta.)

3

Antes, porém, ouçamos um doido velho, doido varrido, doido de pedra, do que quiserem.

– Nesta terra os vivos não dormem e os mortos não descansam em paz – assim falava Alcino, na noite quieta. Mais uma vez ele abre as suas asas sobre nós, asas de urubu descendo sobre a carniça. Mais tarde se soube que ninguém ouviu uma única palavra saída da sua boca de gralha mal-assombrada. Ninguém. Nem mesmo aqueles que se encontravam a dois passos dele, sentados na calçada, de costas para a igreja e de frente para a lua.

Benfazeja lua cheia.

Os galos cantam fora de hora. Escutem. Os bêbados e os cães gemem as suas penas. É a noite que está doendo. São lamentos que vêm de um lugar para onde estamos indo, diz o doido. O inferno é grande, tem espaço para todos. Lá em cima, de dentro da lua, São Jorge ouve, vê e sabe tudo. Mas não diz nada. Aqui embaixo os homens adivinham sinais de chuva nas poças iluminadas.

– Eu me chamo Aleixo. Torto acho, torto deixo – fala Alcino. Como quem diz: – Meu nome é Solidão.

Alcino estava certo: ninguém queria dormir. Nem comer ou amar ou odiar suas tristes e cansadas mulheres de todas as noites. Ainda assim, era para o tempo que ele estava falando, e não para homens como o prefeito, o delegado, o farmacêutico, parentes e aderentes, roceiros vindos de longe, trôpegos e desanimados: – Enforcado não entra na igreja.

Metade homem metade facho: eis Alcino. Terreno e palpável, inumano e volátil. E no entanto este foi o maior de seus dias – alvoroço e martírio daquele que se supunha ser apenas um doido, quando ele (o doido) supunha ser o esperado guia, a voz de gralha mal-assombrada a levar os pecadores pelos caminhos de uma eternidade sem sofrimentos. – Condenados, mais um condenado foi para o inferno – o dia inteiro o seu brado levantou a poeira da praça, ecoou pelas ruas dos fundos, debaixo das camas, nos pés de fogão.

– Homem, cale a boca desse doido.

– De que jeito, mulher?

– Eu não aguento mais ouvir isso.

– Então tape os ouvidos.

Da calçada da igreja ele corre para a porta da venda. Para e grita. Da venda corre para as ruas dos fundos. O sino badala e ele corre, corre, corre. Sempre a galope, como se fosse um cavalo. E foi correndo e urrando que acabou se encontrando com quem nunca mais esperava se encontrar nesta vida. Pediu pernas para fugir, não teve pernas. Pediu socorro, ninguém lhe ouviu o grito. E quando ia ao chão, desacordado, foi agarrado, sacudido, enquanto uma voz tentava reanimá-lo: – Não tenha medo, homem. Um morto não faz mal a ninguém.

Quem dá com a língua arrebenta os dentes – Alcino estava arrependido de tudo que havia dito até há pouco. Me bata, me castigue, me maltrate. Pensa mais: chegou a minha hora. É a morte que veio me buscar.

– Pelo amor de Deus, me deixe vivo.

– Não rasteje, homem. Você não é nenhum rato – o outro falou zangado, como um pai.

– Eu não quero morrer – Alcino ainda não conseguia se manter de pé, por sua própria conta. Sustentava-se nos braços do outro, que não eram frios, como ele imaginava que fossem os braços de um morto.

– Que diferença faz, porra.

– Você veio cobrar uma diferença que existe entre nós dois – disse Alcino, pensando: — O condenado ainda não foi para o inferno.

– Ora, Alcino velho – a voz do outro agora era compreensiva, paternal – como você sabe, nós somos irmãos. E entre irmãos não existem diferenças. Digo: existem, sim. Mas são passageiras.

Como que acordando, e agora se segurando nas suas próprias pernas, Alcino disse:

– Eu nunca soube que nós somos irmãos.

O outro pôs a mão em seu ombro. A mão também não era fria.

– Veja bem: você é meu amigo. E os amigos são como irmãos.

– Isso é verdade – havia agora um interesse novo em Alcino. Aos poucos, ia perdendo o medo.

Além do mais, você é um Cruz.

– Alcino Cruz, às suas ordens.

– Pois bem – o outro explicava tudo pacientemente. Parecia um professor. – Você é um Cruz e eu também sou. Quer dizer: somos da mesma família. E se somos da mesma família, é como se fôssemos irmãos.

Falar bonito ele sabe, pensou Alcino. Depois disse:

– É o que devia ser, mas não é.

Pensando: que cabeça dura, o outro engrossou a voz:

– Não acredite em mim. Acredite em Deus.

– O que eu acho é que os parentes são os nossos primeiros inimigos – Alcino coçou a cabeça, contrariado.

– Falo de nós dois, homem.

Alcino suspirou, num grande alívio:

– Ah, bom. Agora você disse tudo.

Se pudesse, ele guardaria para sempre esse instante de alegria. Então tinha um irmão neste mundo? Um amigo-irmão. Sim, senhor.

– Pois é, meu irmão – disse o outro. – O diabo é que estou precisando de um favorzinho seu.

Uma vez irmão, sempre irmão. Na vida e na morte. Até se fosse preciso ir ao inferno ele ia.

– Pode falar, mano.

O encontro se passou no ponto mais humilde deste humilde lugar. Muros e monturos, toletes e cacos: esse o palanque de tão importantes revelações. Qualquer outro que tivesse vindo de São Paulo, mesmo que tivesse passado apenas um dia lá, teria dito: – Que imundície. Que merda. – Este era diferente. Não reclamava dessas coisas. Mais um ponto a seu favor, na opinião de Alcino.

– Preciso de uma ajudazinha sua para pular aquele muro ali. Já tentei muitas vezes, antes de você chegar, mas não consegui.

– Cuidado, mano. Aquele muro é do sargento. Esse homem é um cão malvado.

– Eu sei, Alcino. Mas o caso é que deixei um tesouro aí dentro.

– Dinheiro enterrado? – o doido iluminou-se. Se fosse dinheiro encantado, seria para ele?

– Melhor do que isso. Muito melhor – o outro esclareceu, lambendo os beiços, como se acabasse de provar uma coisa muito boa. – Em vida, topei todos os desafios. Não posso ir para a cova sem topar mais esse.

– Foi por causa de um dinheiro encantado, que uma alma me deu, que fiquei doido. E fiquei doido porque não consegui desenterrar o dinheiro – Alcino não tinha prestado atenção na outra parte da conversa. Achava que era dinheiro mesmo o que havia no quintal do delegado.

– Pior do que a luta por dinheiro, só mulher, não é, mano? Mulher é um bicho desgraçado.

Mulher? Gosto de fêmea ele só experimentara o das jumentas. Sobre essas Alcino podia falar. Conhecia-lhes todos os sestros, manias e vícios. O seu mal não foi causado por fêmea, nem de duas nem de quatro pernas. Foi a usura, a avareza. A alma tinha dito: – Leve a beata Teodora. Ela sabe a reza. – Era assim: a beata rezava, enquanto ele cavava até encontrar o dinheiro, que estava guardado dentro de um caixote de cimento, forrado a ouro. Dinheiro de padre jesuíta, dos tempos antigos, gente rica e casquinha, que ainda hoje anda penando pelo mundo. Alcino não levou a beata: queria tudo para ele, sozinho. Cavou a noite inteira. Quando encontrou o caixote, avançou sobre a tampa, ganancioso e afobado. Já ia levantando a tampa, louco de alegria, mas nesse instante chegaram os cangaceiros do inferno, para desgraçar tudo. Se a beata estivesse lá, rezando, eles não teriam vindo. No dia seguinte, pela manhã, Alcino voltou ao lugar: o buraco que ele cavou havia desaparecido, como se ninguém nunca tivesse mexido naquele terreno.

– Venha – Alcino pensa: quem ficou doido uma vez não tem medo de mais nada. O outro pôs o pé nas suas mãos entrelaçadas, o degrau que precisava para pular o muro.

– Com todo esse peso ele não entra no céu – Alcino pensa isso com amargura. De fato: por mais esforço que fizessem, o amigo (um amigo-irmão) acabava sempre vindo abaixo, para começar toda a escalada outra vez. Ficaram nessa luta por muito tempo, até se cansarem e se darem por vencidos. – Com todo esse peso ele vai arrebentar a balança de São Miguel – pensou de novo, ainda mais amargo.

Sentaram-se ao pé do muro, para descansar. Meditavam. Um, na melhor maneira de entrar no quintal do sargento. O outro, sobre o tal tesouro que havia lá dentro.

– Se a gente tomasse uma, a coisa ia.

– É mesmo – falou o doido, reanimando-se. – Mas onde?

– No brega.

– Que diabo é isso? Alguma venda nova?

– Ora, Alcino. Nunca foi num puteiro?

– Você está sonhando, mano. Aqui não é São Paulo.

– É verdade, aqui não tem brega. (O outro pensa um pouco.) – E se a gente abrisse um? Afinal, o lugar está se civilizando. Já comporta um puteiro.

– Mano! (Alcino deu um pulo.) Vai ser de arromba. (Voltou a sentar-se, pensativo). Mas onde inferno a gente arranja as putas?

– Era nisso que eu estava encafifado. Nenhuma mulher daqui vai querer.

– Até hoje só teve uma, desde que me entendo por gente – Alcino informava. – Morreu trepando.

– Doença venérea?

– Não acredite em mim. Acredite em Deus. Mas ela morreu foi fodendo mesmo. No tempo que a Petrobras andou por aqui. De dia os homens ficavam bestando pelo mato. De noite faziam fila na sua porta. Arrancaram o útero da pobre. Coitada. Morreu gemendo.

– É melhor a gente tomar uma cachaça, Alcino. Vamos esquecer este assunto.

O doido não disse nada. Voltou a meditar.

– Que é que há, rapaz? Alguma contrariedade?

– O problema é que estou sem dinheiro.

– Eu também – o outro parecia considerar a situação.

– Que porra.

– Não se desespere. Há sempre um jeito para tudo.

– Só não há remédio é para a morte – falou Alcino, com inesperada sabedoria.

– E se assim é – o outro continuava filosofando – comprar fiado é o remédio para quem quer beber e está duro.

Escutem, condenados. Ouçam, miseráveis. Ainda está por nascer um homem mais inteligente do que este meu irmão. O orgulho de Alcino durou pouco. Disse:

– O pior é que ninguém aqui vende fiado a um doido.

O outro escarafunchou o chão, com o toco de um cavaco.

– Nem a um morto.

– É por causa dessas coisas que toda noite espero uma alma penada que me ofereça dinheiro encantado – os olhos sonhadores de Alcino olhavam para bem longe, lá para os lados do cemitério.

– Você já teve a sua chance – sentenciou o outro. – Para que desperdiçou?

– Cobiça e usura, já lhe expliquei.

Pensando: você vai morrer esperando, o outro disse:

– Já sei como vamos fazer – deu um murro na perna do doido. – Corre na venda e diz que papai mandou buscar uma garrafa de cachaça. Mande botar na conta dele.

– Taí. Essa eles vão acreditar. Seu pai chegou há pouco, pra fazer o seu caixão. Todo mundo sabe disso. Todo mundo sabe também que o velho gosta de uma cachaça – Alcino pulou três vezes, doido de tanta alegria. Já ia correndo quando parou, olhou para trás e disse: – Mano, posso chamar seu pai de papai?

– Somos ou não somos irmãos? – disse o outro.

Às vezes dá até para pensar que o homem voa, conforme a necessidade e a ocasião. Pois foi num tempo de um pequeno pensamento que Alcino foi e voltou, com a triste notícia:

– Irmão, irmão, eles não acreditaram em mim. Raça de filhos da puta. Irmão, irmão – a gralha maluca vinha aos berros, infernizando o sono de quem já não tinha, pelos fundos das casas. – Irmão, irmão.

Não havia mais irmão, não havia mais nada. – Deve estar fodendo a mulher do sargento. Arromba essa descarada, mano velho – pensou, trepando no muro. Também não havia nem sombra de gente dentro do quintal. Gritou de novo: – Irmão, irmão. Desceu do muro e continuou correndo e gritando. Dobrou o beco, voou sobre a rampa que dava na praça e, como um relâmpago, atingiu a calçada da igreja, onde ia pôr as coisas a direito. Agora ele ia fazer o sermão mais bonito da sua vida, que começava assim:

– Vem, que eu te agasalharei.

O doido Alcino falava para os ares. Parecia querer endoidecer o mundo.

– Eu sou tua terra. Sou teu pai e tua mãe.

4

Ele estava acocorado debaixo das estrelas e sabia que eram muitas. Cruzeiro do Sul. Caminho de Santiago, e tantas outras que não se lembrava mais. Continuou olhando para cima por algum tempo, ainda com as calças arriadas, esforçando-se para fazer o que tinha vindo fazer. A vontade passara. Esforçava-se também para manter as pernas afastadas uma da outra. Tanta ginástica, para nada. Começou a ficar indignado.

Se olhasse para a frente veria uma sombra negra, o vulto de um homem de cócoras. Não se reconhecia no vulto. Recusava-se a usar a privada, de tão suja. Deixara um candeeiro aceso no batente do portão e era a luz do candeeiro que projetava a sombra. A luz da rua havia apagado há muito tempo, já devia ser bem tarde. Levantou-se, ajeitando as calças. O fundo da casa dava para um capinzal negro de estranhos ruídos. Apressou o passo. Estava com medo.

Novamente na cama, sentiu a barriga doer. Era a água, era a comida, era tudo. Abriu a janela do quarto e se sentou na soleira. Quando a vontade apertasse, saltaria para a calçada e andaria alguns passos ali mesmo, na rua, que também era escura, muito escura. A luz do candeeiro agora esticava a sua sombra pelo chão plano, para bem longe. Voltou à cama, pedindo a Deus que fizesse o dia amanhecer logo, depressa com esse relógio, tenha dó. Foi sua vez de descobrir que aqui as noites são mais lentas do que os dias.

Tudo agora era uma imensa e exasperada saudade. Digam o que quiserem, mas uma cidade é outra coisa. – Volta, volta, vestida de branco e com um laço de fita nos cabelos. Volta, com duas estrelas dentro dos olhos. Volta para os meus braços, com um menino em cada braço.

Uma confusão de desejos, arrependimentos e dúvidas. Estragado pelos anos, esbagaçado pelo álcool, já não via por onde pudesse recomeçar. Tivera uma mulher e filhos, como antes já tivera empregos e latrinas asseadas. E um gênio ruim. O dela também era duro de roer: cobra com cobra. Mesmo assim ainda seria capaz de se ajoelhar a seus pés. – Volta, volta. Queria uma nova oportunidade, pela regeneração do amor.

Um velho tosse. Tosse e geme. Depois do gemido, o sufocamento, a falta de fôlego. Lembrou-se de quando era menino. Costumava fazer bolas de ar com bexigas de boi. Depois estourava as bolas, no chute. O velho também ia estourar. Seu avô tossia e dizia: – O pai vendeu a roça, para seguir a cabeça da mulher. O filho é um fraco igual ao pai.

Ainda tossindo, o avô chamava alguém. Não deu para entender quem era que ele estava chamando. Viu-o levantar-se e caminhar, com o candeeiro aceso, para a latrina.

– Padrinho, use o urinol. Não saia no sereno.

Não lhe respondeu. Continuou andando, durinho, empinado, sem se escorar em ninguém. Dignidade. Seu avô podia falar em dignidade. – Mas nunca pensou em fazer uma privada dentro de casa. Fez o quartinho. O quartinho separado da casa. Morreu reclamando da fraqueza dos outros. Como agora, muitos anos depois, volta para reclamar da minha.

Lá fora, enquanto esteve olhando as estrelas, pensou no pai. Alguma coisa que tinha muito a ver com o sereno da noite. Um conselho antigo a respeito do tempo, que nunca mais se esquecera:

– Não ande com a cabeça no tempo. Bote o chapéu. Quem anda com a cabeça no tempo perde o juízo. Porque os chapéus foram inventados nos tempos de Deus Nosso Senhor, para cobrir a cabeça dos homens. E todo homem tem de usar o seu chapéu. Você tem o seu. E se eu lhe dei um, foi para você não andar com a cabeça no tempo.

Quase toda noite sonhava com o pai lhe dizendo isso de novo. Via-o mastigar as palavras, do mesmo jeito que sua mãe gostava de mastigar uma capa de fumo. Acordava e não conseguia dormir mais. Ficava pensando. Pensando e achando que passara a vida com a cabeça no tempo porque, ao sair de casa, esquecera de apanhar o seu chapéu.

Novas vozes enchiam a casa. Meninos brigando. Meninos gritando. Meninos, meninos. E as mães, que nunca se entendiam, talvez por serem irmãs. O sino tocava e repicava, chamando para a missa. A voz do avô pedia sossego. Todos lhe obedeciam. A casa estava alegre, outra vez.

Tinha tudo isso gravado, fotografado. Todos os rostos, todas as vozes.

O que já se foi.

Ficou apenas um irmão, que ressona e fala, enquanto dorme, no quarto ao lado. O último dente a ser arrancado. Um irmão que não guardou o seu velho chapéu de palha, que o pai comprou na feira, para que ele nunca andasse com a cabeça no tempo.

Esse tempo que começou com uma enxada no ombro, a caminho da roça.

Era um caminho muito comprido, que ia ficando mais curto, à medida que ia crescendo, para vê-lo mais curto.

Depois, foi o caminho da escola, para lá da cancela. Parecia não acabar mais, até virar uma simples vereda: a cada dia ele amanhecia mais comprido, para ver as coisas mais curtas, embora o sol continuasse muito alto, nascendo no oriente e se pondo no poente, mas nunca era o mesmo sol. Ele nascia e morria para nascer de novo, então não era o mesmo sol.

E este sol ia secando tudo, secando o coração dos homens, secando suas carnes até aos ossos, secando-os até sumirem – e lá se vai o tempo, manso e selvagem, monótono como uma praça velha que faz força para não ir abaixo, como se isso não fosse inevitável, como se depois de um dia não viesse outro com seus dentes afiados, para abocanhar um pedaço das nossas vidas, deixando em cada mordida os germes da nossa morte. E esta é a pior das secas. A pior das viagens.

Pensava para se distrair. Pensava para chamar o sono.

Nascemos numa terra selvagem, onde tudo já estava condenado desde o princípio. Sol selvagem. Chuva selvagem. O sol queima o nosso juízo e a chuva arranca as cercas, deixando apenas o arame farpado, para que os homens tenham de novo todo o trabalho de fazer outra cerca, no mesmo arame farpado. E mal acabam de fazer a cerca têm de arrancar o mata-pasto, desde a raiz. A erva daninha que nasceu com a chuva, que eles tanto pediram a Deus.

Ele repetiu tudo isso para mim, pela manhã. E me disse mais:

– É por isso que não sei se volto ou se fico. Acho que agora tanto faz. Porque o tempo que comeu o meu chapéu de palha, agora está comendo o lugar que deixei em São Paulo. Deu para você entender, Totonhim? Respondi direito à sua pergunta?

5

Nelo meu filho mandou me dizer: –

Ela se bate contra a parede. Nunca pensei que ainda tivesse tanta força. É a lua. Lua cheia. A parede estremece. Daqui a pouco a casa desaba. Daqui a pouco estarei soterrado, debaixo das telhas. Posso fazer alguma coisa?

– Ela. Ela. Ela.

– Quem, papai? De quem o senhor está falando?

– Ela. A dona. A mãe de vocês.

– O que foi que ela fez, papai?

– Quebrou a garrafa que guardei no quarto. Era dos trabalhadores. Vou ter de pagar mais essa derrota.

Derrota. Tudo para ele é derrota. Penso em explicar-lhe:

– Isso que o senhor chama derrota é decadência. Não iria entender. Nem mudaria nada, mesmo que entendesse.

Os homens (eram dois) trabalhavam na obra em frente, como seus ajudantes. Começou a chover.

– Mestre, está na hora de esquentar o corpo. Já estamos ensopados.

Deviam estar ouvindo tudo, porque a porta da rua estava aberta.

Papai atravessou a sala, com os cacos de vidro nas duas mãos. Seguiu para o quintal enlamaçado. Ia jogá-los onde ninguém pudesse se cortar. Essa casa está sempre cheia de meninos.

– Puta. Descarada.

– Antes eu fosse. É melhor ser puta do que ser casada com um troço desses.

Os meninos reclamavam:

– Mamãe, deixe a briga para depois. Estamos atrasados.

Ela voltou a passar ferro na farda dos meninos, resmungando.

– Pelo amor de Deus, mamãe. Vai começar tudo de novo? – eu digo.

– Você sempre toma as dores dele. É porque não mora aqui e não sabe o que se passa.

– Papai está trabalhando. Não está bebendo.

– Trabalhando nada. Está é tomando cachaça.

Ele entra na cozinha. Procura comida. Não acha. Todos já comeram. Pega um ovo e frita. Joga farinha em cima do ovo e leva a frigideira para a varanda dos fundos. Os meninos já saíram, apressados. Foram para o ginásio. Aumento o volume do rádio. Não quero que os vizinhos escutem nenhuma palavra que dizemos aqui dentro. Ontem foi a mesma

coisa, todo dia é a mesma coisa. Meu irmão caçula me disse:
– Sabe o que eu penso? Nunca vou me casar.

Eu ri. Era engraçado ouvir isso de um menino.

Entro no quarto e arrumo minhas roupas. Vou voltar para casa. Casa? O Junco. Antes sozinho do que... Honrarás pai e mãe? Ia ficar uns quinze dias com eles. Chegam esses dois. Pé ante pé, como quem pisa em ovos, mamãe atravessa a cozinha e fica parada na porta da varanda. Imóvel. Olha por cima dos ombros dele. De costas, papai não vê que alguém repara o que está comendo. Só se dá conta disso quando se levanta para beber um copo de água. Diz qualquer coisa, que não ouço. O que ouvi, daí a pouco, foi o tombo, o estrondo de um corpo se esparramando no chão. E os gritos. *Os gritos*. Corri. Ela já estava se levantando.

– Dei-lhe uns trompaços. Olhe o que ela me fez – papai me mostra o braço com as marcas dos dentes. Um chinelo voa e pousa em seu rosto. Ela corre para a rua. Papai voa atrás. Eu os sigo.

O seu sonho era ter todos os filhos juntos, debaixo do mesmo teto. Me disse isso uma vez. Era um apelo: – Tenha paciência com sua mãe. Ela está fraca do juízo.

Agora sou eu quem lhe diz: – Tenha paciência.

As palavras saíam como se não estivessem sendo ditas por mim. Deviam ser de outra pessoa – talvez um anjo. – Talvez.

– Vocês vão passar o resto da vida deste jeito? Dois velhos. Meu Deus.

Ele não me ouvia. Também não estava me vendo, nem sentindo minha mão em seu braço.

Mamãe havia sumido de nossas vistas. Estávamos de volta. Todas as janelas nos espreitavam. E eu falava baixo, devagar, com calma. Essa estranha calma que às vezes me aparece, justamente nas horas de maior desespero.

– Está na hora de vocês encontrarem um jeito de viver – quase dizia: Um jeito decente. Seria o mesmo que falar em corda para quem não quer se enforcar, ou não pode, por já não ter mais forças, nem para isso.

– Fugiu, mas volta. E eu mato.

– Papai, é melhor vocês se separarem. É melhor do que –

– Mato, juro que eu mato. Não tem mais jeito. Só matando.

Mate, e depois se mate. O que eu sempre temi e agora queria. Honrarás pai e mãe? Hoje será outro dia em que não vou conseguir dormir. Pensarei nos meninos. Quem cuidará deles? São só três. Quem vai querer ficar com eles? – O que vale – disse-me uma de minhas irmãs – é que nós somos muito unidos. Nós, os irmãos. Respondi: – É porque nenhum de nós tem dinheiro. Ela me corrigiu: – Nelo tinha. – Sim, era verdade. Mas ele morava longe. Bem longe.

– Posso lhe pedir um favor?

– O que é?

Já me ouve, deve estar calmo. Tomara que volte ao trabalho e sossegue. Seria esse o favor a pedir? Digo-lhe isto?

– Pare de beber.

– Foi sua mãe quem encheu os seus ouvidos, não foi? Oh, céus!

– O senhor voltou a beber, não voltou?

– Nunca deixei de trabalhar por causa de bebida. Nunca estraguei viagem. Nunca paguei cervejada para ninguém. Agora, ela –

E, de novo, a palavra fatídica:

– Mato. Não passa de hoje.

Chegamos à obra. Também estou ensopado. E pior: estou com vontade de beber. Quase digo isso. Por pouco não o convidei: já que não há nada a fazer.

Ele manda os homens descerem dos andaimes. – Ninguém trabalha mais. Hoje ninguém trabalha.

Falava sempre assim, repetindo o que dizia. Os meninos acham que ele está broco. E eu começava a pensar que o caso era bem pior. Honrarás pai e mãe? Pensar é perder o sono, um salto para a perda do juízo.

– Agora você está vendo como é. Quem vive aqui é que sabe – ele me disse, seguindo com os dois homens para a venda da esquina. Eu sabia o que iam fazer. Só não sabia o que *ele* iria fazer, quando já estivesse caindo de bêbado. Não são só três. Éramos doze. O que será desses doze, sem eles?

Voltei pelo mesmo caminho, seguindo os passos de mamãe. Ia levá-la comigo por uns dias. Era o jeito.

Nelo meu filho mandou me dizer:

Já não estava mais batendo na parede. Agora ela está arriada no chão. Parece mais conformada.

Daqui a Inhampupe são sete léguas São Paulo tem trinta léguas de ruas nunca me perdi em nenhuma Nelo meu filho recebi carta dele ontem –

Levei Nelo meu filho a Inhambupe para pagar uma promessa fomos no carro de bois de papai Nelo meu filho foi passear pelas ruas e se perdeu achei ele junto da bomba de gasolina do Hotel Rex dei uma surra nele três vezes sete vinte e um São Paulo tem mais de três vez daqui a Inhambupe Nelo meu filho nunca se perdeu –

Nelo meu filho me manda dinheiro faz vinte anos ele me sustenta nunca tive tanta vergonha e tanto medo como naquele dia de Inhambupe Nelo meu filho mandou me dizer –

Dê uns conselhos a seu pai Nelo meu filho seu pai até já tomou veneno esse homem é a minha consumição –

– Não, mamãe. Não foi ele. Foi meu tio.

Seus irmãos estão do lado dele Nelo meu filho só você houvera de me dar razão –

– Eu me lembro, mamãe. Eu era menino. Mas me lembro.

Ele vive dizendo que um homem devia poder conversar com Deus ora veja Nelo meu filho se isso é conversa que um homem diga –

Sinto o cheiro das flores de outros tempos: rosas. Rosas de todas as cores, de todos os cheiros. Cheiro da vela queimando sobre o azeite, no nicho. Cheiro do corpo de Zóia, minha prima. Cheiro dos homens suados que vinham da roça, em peregrinação. Tudo morre com esta noite, para um nunca mais.

Nelo meu filho seu pai ficou aluado depois que bebeu veneno Daqui a Inhampupe é o mesmo tanto de ruas da Bahia São Paulo tem trinta léguas venha me buscar –

Não sei de onde ela tirou isso, digo, papai nunca bebeu veneno. Foi o irmão dele, mas já faz muito tempo. Gente da mesma laia, deve ser o que pensa. Um repete o que o outro faz. Cachaça.

Veja Nelo meu filho se é vida que se apresente uma mulher viver apanhando do marido venha me buscar –

Ele estava na casa da rua, agonizando. Estava no quarto dos santos. As mulheres e os meninos choravam. Um filho homem, oito meninas. Meu tio era um azarado.

– Por que o senhor não chora, papai?

– Quem me dera – abaixou a vista, acho que estava envergonhado. – Quem chora, sofre tudo de uma vez e o sofrimento logo passa. Quem não chora, fica com toda a tristeza atravessada na garganta.

Cheiro de defunto, cor de defunto. A cara do meu tio parecia a cara de um sapo.

– Nasce de novo, papai – disse Zóia.

Uma missa de ano em ano para Nossa Senhora do Amparo. Uma viagem de ano em ano para Nossa Senhora das Candeias. Uma visita a Nosso Senhor do Bonfim da Bahia.

Um cruzeiro em cima do morro, no fundo da casa. As promessas salvaram o meu tio.

Belisquei a perna lãzuda de Zóia.

– Quero ir também.

– Pra onde, menino?

– Quero ir junto com você.

– Cala a boca e chora, menino da peste.

Nelo meu filho tenha compaixão da sua mãe a sua pobre mãe venha –

Perdoai-nos, Senhor,
por piedade,
Perdoai-nos, Senhor,
nossa maldade,
Senhor.

A água benta no copo em que ele bebeu o veneno. O crucifixo na cabeceira. O retrato do Sagrado Coração de Jesus na mão.

– Se ajoelha menino.

Antes morrer,
antes morrer
do que Vos ofender.

– Quero ir para Candeias. Eu nunca fui.

– Cala a boca e reza.

– Mas você não está rezando.

– Estou chorando.

Eu não quero mais Não quero Não posso Nelo meu filho isso não é vida de gente venha.

Papai fez o cruzeiro. Pintou o cruzeiro de azul. O padre o benzeu. A procissão saiu lá de casa, até a casa do meu tio.

Ele, o meu tio, arrastava o cruzeiro no ombro, sozinho. De tempos em tempos parava para descansar. E eu fechava os olhos, para não ver o sangue escorrendo dos seus ombros esfarrapados. Cantávamos benditos. Tínhamos uma fitinha, também azul, pendurada no pescoço. Na fitinha estava escrito: Lembrança de Nosso Senhor do Bonfim da Bahia. Mandamos (digo, papai mandou) celebrar uma missa ao pé do cruzeiro. Deus salvou o meu tio.

– O que foi que ele teve mesmo, mamãe?

– Tentações. Uma pessoa só faz isso quando está tentada pelo diabo.

Nelo meu filho o fim destas mal traçadas linhas é dar-te as minhas notícias e ao mesmo tempo saber das tuas Como tens passado? Bem não é? Aqui todos em paz graças a Deus Seu pai bebeu veneno Nelo meu filho essa é que foi a maior tristeza da minha vida. Tenha dó da sua mãe Eu nunca lhe pedi isso é a primeira vez venha me buscar Você é a única pessoa neste mundo Faça isso por sua velha e pobre mãe Eu lhe peço –

Chego perto. Tento acalmá-la.

– Mamãe, a senhora está enganada. Não foi papai.

Ela me empurra. Desfecha um murro, de punho cerrado, como um homem. O murro pega na minha testa. Me afasto, esfregando a pele dolorida.

Nelo meu filho tenho doze filhos é como se não tivesse nenhum Graças a Deus tenho você Graças a Deus –

Cala-se.

Deve ter se cansado, imagino.

Também não há mais barulho na cozinha. O caixão deve estar pronto. Venha aqui para a sala, venha. Há outro trabalho à sua espera, venha. Ela é mais sua do que minha, venha.

Ele pigarreia.

– Tem alguém chamando aí fora. Vá ver quem é.

– Não é ninguém, não. É o doido na calçada da igreja.

O barulho recomeça. Já está pregando. Numa hora dessas erra o prego e acerta o dedo. Não tenho coragem de entrar lá. Tenho horror de caixão. Perco o sono por dias e dias, quando vejo um. Pior ainda quando o caixão estiver terminado. O pano preto. É isso o que me mete medo. Isto é, o que *mais* me mete medo. Pano preto. Pra que pano preto? Comprei-o ainda há pouco, na loja, fiado. Arrastei-o pela rua, como se fosse um lençol branco. As pessoas fugiam, à minha passagem. Todo mundo tem medo do pano preto, eis o meu consolo.

Ele ainda não sabe. Não sabe que ela (a dona, a mãe de vocês) vai ter que fazer uma longa viagem, da qual talvez não volte nunca mais. Serei o seu guarda de honra. Que remédio?

– Nelo meu filho mandou me dizer.

– Quando ele vem ver os parentes, compadre?

– Qualquer hora dessas. Quando a gente menos esperar.

– Está aqui, compadre, o dinheiro que você me pediu.

– Muito obrigado. Eu acerto logo. Assim que puder.

– Está em boas mãos, compadre. Quando escrever para Nelo, mande minhas lembranças.

Ele não tem medo. É capaz de fazer um caixão, pregar o pano preto, por fora, e ainda dormir uma noite inteira dentro do caixão. – O que é do homem o bicho não come – ainda pensará, antes de cair no sono. Quantos já fez? Quantas vezes esfregou as mãos, depois do trabalho pronto, contente por ter feito um bom trabalho? São José era carpinteiro, Deus é carpinteiro. É dos tais que tratam a morte de minha comadre. Minha comadre Maria. Minha comadre Zefa. Mas vai morrer dizendo: – Se há uma coisa neste mundo que não me acostumo –

Vamos, mire-se. O senhor está diante do espelho, mire-se.

Ainda não sabe, mas vai ficar sabendo: é ele quem tem que pagar tudo. Das tábuas ao buraco do cemitério.

Ouço-a ressonar, sentada no chão, com a cabeça pendida sobre um ombro. Está na hora de tomar uma providência, logo eu, tão fora de esquadro. Preciso falar com o prefeito. A família – bem, ele vai ter que nos levar. Daqui para mais noite, mais noite, mais noite.

Papai tosse. Trabalha e tosse. Está fumando demais. Fuma e bebe demais.

Diga: – A bênção, mãezinha. Diga: – Deus lhe leve, viu?

– Ela. Ela. Ela.

– Quem, papai?

6

— Quem fez a mortalha?

– Não tem mortalha.

– Misericórdia. Senhor Deus, misericórdia.

– *Ora pro nobis.*

– Até hoje nenhum parente nosso foi enterrado assim.

– Pois já temos o primeiro.

– Mi –

– Acontece que não apareceu nenhuma parenta para fazer a mortalha.

– E sua mãe? Ela não está aí? Deixar um filho ser –

Minha mãe. Ora, minha mãe. Esqueçam-na.

– Eu ia lá, mas –

Tias e tios. Primos. Parentes.

Querem saber qual é o pano da mortalha, como antes queriam saber se meus lençóis são brancos ou estampados.

Entravam em casa e iam direto para os quartos, depois iam remexer nas panelas da cozinha. Fuxico. Falação. Quando a gente pensa que todos já morreram ou foram embora, eis que reaparecem. Erva daninha? Seria sobre eles que Nelo falava? Mata-pasto. Seu nome, por favor? Família Mata-Pasto.

– Já abriram a mala?

– Já.

– O que foi que ele trouxe?

– Nada.

– Não é possível. Eu não acredito.

– Pode ir ver.

– Eu queria ir lá, mas –

"A erva daninha que nasceu com a chuva e que tem de ser arrancada."

Arrancar tudo. Mourão, mourão, toma teu dente podre, me dá o meu são. Arrancar. A dor, o pecado, a loucura, a morte fora de hora. Nascer de novo. Em casa que não tem pão, todos choram e ninguém tem razão. A razão. Papai: juízo de gente é um fiozinho à toa. Basta um choque para –

Calar os gritos que vêm da cadeia e o meu medo de ir lá, tomar a palmatória do sargento. – Fale mais alto, Alcino – ele gritou da janela. Fale mais alto, Alcino, para abafar os gritos. O doido urra na porta da igreja, enquanto um homem apanha, dentro da cadeia. Fingimos não saber: a palmatória pesa um quilo. Dá para se contar os bolos, de qualquer parte onde se esteja, apesar do sermão do doido Alcino. *Silent night.* Curso de inglês por correspondência, Escolas Universais. Já contei meia dúzia de bolos em cada mão. Ouçam: uma criança está apanhando. Desobedeceu ao pai. Uma criança que é pai de dez crianças. Roubou uma galinha. É um negro. – Gente ruim – diz minha tia. – Negro sem-vergonha. Depois desta, talvez ele se emende.

O negro Tiago. Ainda ontem me chamou de meu irmão. Só porque lhe paguei uma cachaça.

– Você é um sujeito de sorte. Aprendeu a ler e escrever. Arranjou um emprego que –

Mostrou-me as mãos, antes de pegar no taco do bilhar.

Paguei-lhe outra cachaça e pedi uma para mim. Aqui a gente começa cedo. Basta vestir um par de calças compridas. Ninguém lhe pergunta a idade.

As mãos: três imensas bolhas em cada uma. Ele diz que são calos. Pela manhã, cedinho, iria voltar ao cabo da enxada.

Cabo de enxada, braço de rodete, pá e picareta. Três bolhas em cada mão.

– Não é todo dia que aparece serviço. Dei sorte em arranjar esse.

Contei até dez. Não dava mais para continuar contando. Dez bolos. É hoje que as bolhas estouram. Dez filhos. Amanhã é dia de enxada, outra vez.

Ia pedir clemência ao prefeito, antes de pedir o carro. Alagoinhas. Quinze léguas de ida, quinze de volta. Uns dizem que são quatorze, outros, que são dezesseis. No caminho cruzo com o sargento. Pronto. O serviço está terminado. Ele sua, como um porco que passou o dia dando voltas dentro do chiqueiro. Teve que fazer muita força. Quantos foram? A média é uma dúzia. Uma dúzia de bolos em cada mão.

– Se você aparecer hoje, mais uma vez, diante das minhas vistas –

Sargento calibre 38, cano largo. Na testa? No peito? Na barriga? Pelas costas? Primeiro deixe eu levar a minha mãe para um –

Não é um. É uma. Uma casa de –

A filha do finado – A mulher de – A mãe de –

Se todos têm uma cruz a carregar a sua é –

Juízo de gente é um –

O prefeito fala sozinho, rondando a igreja. Ele também? E agora, como vai ser? Eu mesmo dirijo o carro. E ela? Quem a segura, durante a viagem? Resta o motorista da Prefeitura. Estará dormindo? Não, ninguém está dormindo.

Da venda, chegam os gritos. Outros gritos:

– Não, Nelo. Pelo amor de Deus. Não. Me perdoa, Nelo. Foi sem querer. Uma molequeira de menino. Vou mandar rezar uma missa para você. Isso, não, Nelo. Me deixe. Pelo bem de sua mãe. Pela alma de meu pai. Pelo amor de Nosso Senhor.

Sim, Pedro, grite. Sim, Pedro, chore. Sim, Pedro, esperneie. Sim, Pedro, perca o juízo. Pelo bem de nós todos, Pedro Infante.

O prefeito:

Amanhã vou derrubar esse sargento. Amanhã vou calçar a praça. Vou derrubar os pés de tamarindo e vou fazer um jardim no meio da praça. Amanhã, amanhã. Vou arranjar os motores, para puxar água. Não deu petróleo. Deu água. Água igual à de Itaparica, os homens disseram. Puxar água. Tudo com meu dinheiro. O Governo não dá nada. Sar-gen-to? Todos a postos. Sar-gen-to? Precisamos de reforço. Sar-gen-to? Mande buscar os soldados de Alagoinhas. Se não quiserem dar, vá até Salvador. Sar-gen-to? O rei da França mandou me dizer que estão querendo me derrubar. Os meus inimigos estão tramando, na calada da noite. Sar-gen-to? Ligeiro, ligeiro, bem ligeiro. O levante arrebenta esta noite. Sar-gen-to? Esse homem é um bosta. Mo-fi-no?

– E virem me dizer que uns homens foram na Lua – disse um da roça.

– Conversa – disse um da rua.

– É cada doido que me aparece.

– O dia que tiver gente querendo ser maior do que Deus, nesse dia o mundo está acabado...

O da roça, sorriu, satisfeito. Estava de pleno acordo.

Papai também sorriu: o caixão estava pronto.

QUANDO ERA MENINO Nelo meu filho dizia: a Terra é redonda e achatada nas pontas, como uma laranja. Eu quero é rodar.

E eu disse: ninguém pode dizer uma coisa dessas. Ninguém sabe de que jeito é o mundo.

Nelo meu filho dizia:

O homem precisa ser vivo.

E eu disse: – Mas, agora. Então não está todo mundo vivo? Eu estou vivo.

Ele disse:

É preciso ser vivo para viver.

Ele disse:

O mundo é um carro de boi, que vai rodando para a frente, gemendo em cima de um eixo.

Eu disse:

O mundo não tem eixo. Ele está parado, nas mãos de Deus.

Ele disse:

A Terra gira.

Eu disse:

Se girasse, a gente caía no chão.

Ele disse:

A Terra gira muito depressa. É por isso que não caímos.

Eu disse:

Se o mundo girasse, todo mundo ficava tonto.

Pensei: a Terra gira como a mão de mamãe, girando a colher de pau dentro do tacho, para fazer sabão. Soda cáustica e água. Sabão serve para lavar a roupa. O que é que serve para lavar a alma?

– Se uma cobra lhe morder, bote sal de cozinha em cima da mordida – me explicou o farmacêutico. – Assim que a tonteira passar, tome cachaça com iodo.

– É só isso?

– Só. Mas não estou mais manipulando.

– Por quê?

– Porque não tenho um diploma.

– E se ela morder o meu juízo?

Papai, ela está lou – lou – lou –

Nós temos que ir para um – Em Alagoinhas. É o mais perto. Alagoinhas.

O senhor está prestando atenção? Está me ouvindo? Ela perdeu o – de vez. De uma vez por todas. Entendeu o que eu quero dizer.

Então ele disse:

Vá ver é porque a Terra gira que tem tanto doido.

Quem, papai? Quem lhe disse isso?

– Jesus Cristo, filho de uma égua.

7

A prévia do Juízo Final. Pelo menos para mim foi isso o que se passou. A praça estava cheia, como num dia de feira ou Santa Missão. E eu me perguntava de onde tinha vindo tanta gente e para quê. O prefeito pedia uma providência, antes que os galos cantassem pela terceira vez.

– Sargento!

Era doloroso vê-lo daquele jeito, logo ele, que até é um bom sujeito.

– O piche. Eles vão me pichar. O impiche. Subversão. Rebelião.

O sargento correu, dizem que para debaixo da cama. E não tive tempo de avisar o prefeito que não estava acontecendo nada. Era apenas um contingente de homens e mulheres, rondando para cima e para baixo, calados, como se não se conhecessem, como se nenhuma pessoa tivesse nada a ver com as outras. O prefeito continuava berrando:

– Estão todos armados. Eu resisto. O anticristo não me toma o poder. Eu resisto. Sargento!

Mas não eram essas as palavras que me acompanhavam pela estrada afora. Eram as do doido Alcino:

Com os meus trapos te agasalho,
debaixo do meu massapê.
Vem, que eu te agasalharei.
Não sentirás calor nem frio,
não sentirás dor nem horror.
Vem, que eu te agasalharei.
Tua cama tem sete palmos,
tua vida ficou mais funda.
Vem, que eu te agasalharei.
A chuva chove nas flores,
tua coberta é macia.
Vem, que eu te agasalharei.
Eu sou a estrada, sou o fim da estrada,
vem –

Essa terra me ama

— Vamos passear – uma resposta pode conter uma verdade inteira, parte dela, ou não querer dizer absolutamente nada. És capaz de mentir para a tua mãe, a tua própria mãe?

– Estamos passeando? Onde estamos passeando?

Perguntas. Uma vida inteira de perguntas. Onde você esteve até agora? Com quem? O que estava fazendo? Nada de explicações arrevesadas, senão a taca canta no teu lombo.

Qualquer resposta será uma mentira. Ela nunca teve um avental todo sujo de ovo, ela nunca teve um avental. Gente da roça: o que somos, o que fomos, o que sempre seremos. Mas tinha um chinelo na mão, eu me lembro. Promete que vai dormir a viagem inteira, promete? Assim chegaremos logo. Se quiser, reze um pouco, para chamar o sono. O banco é macio, dá para um bom cochilo. Recoste a cabeça. Durma, durma. Descanse. Serão poucas horas. Estamos passeando, sim, estamos passeando. Indo. Arrastados pela enxurrada. Deus não dá asa à cobra, é por isso que estamos sendo arrastados pela enxurrada. A sessenta quilômetros por hora, por causa dos buracos. Depois melhora: daqui a pouco estaremos no asfalto. É logo ali. Antes de chegar a Inhambupe.

A enxurrada levou as cercas e agora leva a minha mãe, pela noite adentro. Para onde vão estas águas? Para o rio de Inhambupe. Para onde vai o rio de Inhambupe? Para o mar. Minha mãe vai virar sereia. Eu sempre achei que o seu corpo era de sereia.

– Por que você não arranjou um cavalo esquipador? Esse é duro de sela como o diabo. Vou chegar toda assada. Já estou ficando tonta.

Ela vomita sobre as minhas pernas. Tonta. Costumava ter esse enjôo de ano em ano, um pouco antes de ficar com a barriga inchada. Filhos. Um por ano. Cada filho era um horror. Papai dizia: – Mulher entojada. Seria por isso? Abaixo o vidro e boto o seu rosto para fora. O vento sopra fiapos do seu vômito na minha roupa, na minha cara, em tudo. As árvores estão passando depressa, como manchas prateadas. Tomara que tudo passe depressa.

– Pena que eu não joguei hoje. Vai dar cavalo.

Nelo, meu irmão, o dinheiro que você manda ela enterra todo no bicho, em estranhos bolos e em prestações que não se acabam nunca. Pensei que depois que pagasse a televisão ia ficar sossegada. Não ficou. Quando você demora de mandar ela fica arrancando os cabelos, sem saber o que faz com tanto cobrador em sua porta. O velho é quem se vira para botar as coisas dentro de casa, coitado, logo ele que vive de biscates, pegando um trabalho aqui, outro ali, quando aparece. Ela ainda reclama. Vive reclamando e dizendo que ele não dá nada em casa. E tome briga. Tome batalha. O dinheiro que você manda se evapora, ninguém lhe vê a cor. Parece um dinheiro excomungado. Tenho pena é dos meninos. Eles passam fome, Nelo. Você precisava ver a miséria que é a vida naquela casa. Papai se queixa da sorte. Diz que a mudança para Feira de Santana foi a pior desgraça da sua vida. Nunca entendeu nada. Nunca entenderá.

– Sabe o que é um homem perder o controle da situação? Tenho escutado as tuas queixas, velho, ao contrário do que pensas. E te dou razão. Todos têm razão. O mundo é que é uma desgraça. Esse mundo aqui é que não presta, o senhor está me entendendo?

Não é a Terra que gira. É a minha cabeça. Como se eu estivesse caindo de bêbado. Sono, preocupações, insônia. E os solavancos do carro, com três pessoas dentro: ela, eu e o motorista da Prefeitura, que veio de cara amarrada, mas veio. Também já é tão tarde. Coitado. Espremer tudo isso e servir aos recém-chegados, digo, àqueles que porventura vierem para o enterro. Minha terra não tem palmeiras. Tem suco de mata-pasto. Sumo, como se diz por aqui. Veneno da melhor qualidade. Já sentiste o cheiro de vômito da tua própria mãe?

– Tenho de fazer tudo sozinha – ela se queixa. – Ninguém me ajuda. Nenhuma filha é capaz de lavar a minha roupa melada e me dar uma limpa para eu vestir. Será que os meninos já foram para o ginásio?

Nesse momento faço o que já deveria ter feito há mais tempo. Seguro-lhe as costas, suspendendo-a levemente, para que ganhe uma melhor posição na janela do carro. Volta a maldizer-se: – Que dor de cabeça. Parece que vai estourar. Você me leva a um médico? Estou tão mal.

Desfiar de dores como numa enxurrada: do fígado, dos intestinos, dos rins, do coração. Também estava ficando cega. Ninguém via isso, que ela estava ficando cega. Já não acertava mais com a linha no buraco da agulha – deixei tanta costura por terminar.

– Vou escrever para Nelo. Ele precisa vir aqui para me levar a um médico. Por que será que Nelo nunca vem aqui?

Desta vez sou eu quem sente uma dor imensa. Na alma? Ela já o viu morto e não acreditou. Não pode matar o seu sonho dourado, deve ser isso. – Antes de você me acordar, eu tive um pesadelo horrível. Sonhei que ele tinha morrido. Foi horrível. Nelo é tão novo ainda. Deus que lhe dê muitos anos, é só isso o que eu peço.

– Amigo, não corra tanto. Ela não está passando bem – digo para o motorista.

– É por isso mesmo que estou indo depressa. É melhor chegar logo, você não acha?

– Compadre Ioiô? É ele? Estamos no jipe de compadre Ioiô?

– Não, mamãe. Estamos na rural da Prefeitura.

– Ah, bom. Antes isso do que um carro de boi. Sabe de uma coisa? Eu não tenho saudade daquelas viagens nos carros de bois. Eram tão demoradas.

O tempo dos cavalos. E eu perdido no cu-do-mundo. Uma semana inteira zanzando pelas ruelas de Inhambupe, sem um tostão no bolso, numa terra onde não conhecia ninguém. Uma semana à espera de um caminhão, porque o cavalo que me levou fugiu do pasto e veio bater em casa, sozinho. Dizem que é pelo cheiro dos rastos que eles conhecem o caminho. Éramos todos escravos de um cavalo, para onde quer que fôssemos. Agora me dizem: – Está vendo? A coisa mudou. Hoje já se pode sair de São Paulo e chegar aqui no mesmo dia. E é verdade. Descobrimos a roda e estamos rodando, quase sempre com muita imprudência: basta contar as cruzes à beira da estrada. Cruzes. Tios e tias. Primos. Parentes. Os que descansaram debaixo das rodas. E eu continuo me indagando: Mudou? O que foi mesmo que mudou?

– Faz tanto tempo que não venho aqui que até já me esqueci das feições das pessoas. Eu queria tanto ter visto compadre Ioiô.

– Ele está em Salvador. Foi ver a filha.

– Filha. Não me fale em filhas.

Uma vez ela me disse: – Eu queria ter nascido homem.

E brincando, perguntei: – Pra quê? Pra pegar no cabo de uma enxada?

Então ela falou uma coisa que até hoje me faz pensar: – Por isso, não. Tem tanta mulher pegando na enxada. Eu queria ser homem para poder mandar no meu destino. Ir para onde bem entendesse, sem ter que dar satisfações a ninguém.

"Filha. Não me fale em filhas."

– Eu queria tanto só ter tido filho homem.

Tresvaríamos sobre os feixes de molas. A Terra já não gira mais como o eixo de um carro de boi. A vida quer pressa. Minha mãe encosta a cabeça no meu ombro, depois se afasta. Começa a se contorcer e a ficar com aquela cara de quando estava se debatendo contra a parede. Foi a primeira vez que encostou a cabeça no meu ombro. Somos gente bruta. Desconhecemos o afeto. Aquilo que nos oferecem em pequeno, depois recusam. Acho que é a falta de costume. Vestes calças compridas? Então és um homem. E se és um homem, todos os teus gestos têm que ser brutais. Brutalidade. Força. Caráter. Coisas dos homens, como a Santíssima Trindade.

Ela começa a se rasgar. Tem uma força inacreditável. Rasga-se com toda a brutalidade que as mães ofereceram aos filhos homens. Tento segurar-lhe as mãos. É difícil, mas estou tentando. A expressão de seu rosto me enche de pavor. "Filha. Não me fale em filhas." Agora temo pelo pior de tudo: ela não vai aguentar. Em seu rosto eu vejo o fim. E se for? É voltar para dois enterros. Parece simples, mas não é.

Maldita pela própria natureza. Cinco filhas, cinco mulheres, cinco vezes azarada. – Um urubu cagou na minha sorte – ouço-a dizer, enquanto eu começava a rezar, não uma reza qualquer, mas os versos que ela dizia que o filho (Nelo, querido) mais velho recitava pelas roças, quando menino, para embasbacar o coração do povo: Não chores, meu filho; Não chores que a vida é luta renhida: Viver é lutar.

– Nelo, meu filho, eu tenho as marcas. Você nunca soube porque eu nunca deixei que você soubesse – o tiro resvalado na batata da perna arrancou-lhe um pedaço da carne. Não estava inventando. Ainda tem a cicatriz.

Sim, sim, conte tudo, eu penso. A senhora não pode morrer sem descarregar esse peso. Ainda dói, não dói?

Não era só a lembrança do tiro. Era toda uma história. Cinco filhas, cinco histórias.

Pela cara que está fazendo eu digo que chegou a hora. Já viste a morte de perto? Frente a frente? É feia. Não existe nada mais feio neste mundo. – Conte, mãezinha. Como foi mesmo?

– Adelaide estava na cama, de resguardo. Tinha tido menino um dia antes. Estava me mostrando o corte na barriga. Chorava. Foi o marido quem tinha feito aquilo. Ciúmes. Ciúmes do médico que fez o parto, veja você. Eu estava horrorizada, quando ele entrou, atirando. Uma bala pegou na minha perna. As outras foram descarregadas na barriga da sua irmã.

– Então não foi de parto que ela morreu?

– Eu encobri isso de vocês. Não foi de parto.

Os eixos de seus olhos devem estar avariados. Não giram mais. Parecem dois botões estufados, que se desbotaram e perderam o brilho. O que eles vêem? O que será que estão vendo?

– O que eu já sofri por causa dessas meninas.

Mamãe me convence. Isso é que é o mais estranho: ela sempre me convenceu. Todas têm razão. Essa é que é a verdade: todos têm razão.

– Finada Adelaide. Minha filha. Que Deus a tenha em bom lugar. Eu avisei: cuidado com este homem. Não entendo natureza de mulher. Ela não gostava dele, vivia fugindo dele, até o momento em que eu disse aquilo. Pra quê? Fugiu no dia seguinte. Foram três dias do meu maior sofrimento. Zanzei por isso tudo atrás dela. Corri delegacia, hospital, hotéis. Sabe onde estava? No puteiro. Trancada num quarto. Nem comigo podia falar. Trancada e apanhando. Voltei à delegacia e contei tudo para o delegado. Então ele disse que ia dar um jeito. E deu. Ela se casou na polícia, porque era de menor. Passou o resto da vida apanhando. E quanto mais apanhava, mais parecia enrabichada por aquele homem.

Velhas histórias. Qual de nós não as conhecia, de cor e salteado? Nelo, certamente. Ela agora está pensando que eu sou ele. Tinha muitos segredos para ti, mano velho, no fundo do baú. Finalmente abriu o baú. Vês? Sentes o cheiro? Ouves? É tudo para ti, onde quer que estejas.

Foi contigo que as mudanças começaram, porque foste o primeiro a descobrir a estrada. Mas de ti só tínhamos as boas notícias. O brilho da tua estrela iluminava as nossas noites mortas, no pé do pilão, fazendo calos nas mãos e reclamando da vida. Eram as meninas que mais se queixavam:

– Passar a vida na mão de pilão.
– Passar a vida com um pote na cabeça.
– Passar a vida raspando mandioca.
– Passar a vida arrancando feijão.

Deus ouviu a cantiga, a triste toada de todo dia, de toda noite. Ficamos sabendo que Ele era nosso parente e morava em Feira de Santana. Chamou duas de nossas irmãs para o Seu Reino. Um Reino cheio de luzes – as luzes de um ginásio estadual. Duas irmãs nesse mundo encantado. Também passamos a fazer promessas, a cantar bem alto a velha toada: os domínios de Deus deviam ser ilimitados, podiam ter lugar para todos nós. Não tinham. Pior: tinham cercas, leis, proibições. Foi o que ficamos sabendo quando as cartas começaram a chegar. Deus estava furioso: as meninas gostavam de namorar. Ele ameaçava mandá-las de volta, não gostava de moça namoradeira. Ainda estou vendo mamãe com uma carta na mão, a testa franzida e balançando a cabeça, entre desconsolada e decidida. Estava muito calma, ou aparentava estar, quando disse:

– Elas não voltam. Eu é que vou pra lá. E vocês vêm depois.

A decisão não ia ser fácil. Motivo: papai. Como sempre.

Foram muitos dias de angústia, ansiedade, confusão, briga, disse me disse. E muitas promessas. Não teve um único santo que ficasse sem ser chamado, para intervir a nosso favor. Todos queriam ir. Papai estava sozinho. A velha arrancava os cabelos e batia o pé. Estava firme em seu propósito. Nunca mais a vi tão firme como daquela vez. Dizia:

– Meu pai me tirou da escola quando escrevi o primeiro bilhete da minha vida para um namorado. Não posso deixar que aconteça a mesma coisa com as minhas filhas.

De fato, não deixou. Justiça se lhe faça. Acabamos todos nos arranchando numa casinha pobre de uma rua pobre de um bairro pobre, sem luz, sem água, sem esgoto, sem banheiro. Mamãe alugou a casa fiando-se no dinheiro que mandavas todo mês e, quando atrasavas a remessa, era um deus-nos-acuda. Vivíamos permanentemente debaixo do medo de sermos postos na rua. Ela passou a se desdobrar em trinta numa máquina de costura, enquanto esperava o feijão e a farinha que o velho mandava da roça. De vez em quando ele vinha, para reclamar de tudo. Mamãe se matava de trabalhar, penso que era para não dar o braço a torcer, coisa de orgulho pessoal, medo do fracasso. Ainda assim continuávamos morando numa casa um milhão de vezes pior do que a da roça. Nosso consolo é que podíamos ir para o ginásio a pé, isto é, podíamos ir para o ginásio.

– Bastou uma fugir, para as outras irem atrás – ela continua falando aos arrancos, como as marchas deste carro.

Volto a dizer ao motorista para ter calma. Seu desespero é apenas para chegar. Já estamos no asfalto. Lá se vão os piores quarenta quilômetros. Às vezes eu penso que são estes quarenta quilômetros que fazem toda a diferença. – Ainda dói tudo na minha memória, Nelo meu filho. Ainda dói. Você não sabe o que é uma mãe ter de passar a vida andando para cima e para baixo, feito louca, tentando achar as filhas. E sempre sem saber se elas vão ser encontradas vivas ou mortas. Você não sabe o que é passar vergonha, porque você não é mulher e não sabe – as lágrimas descem-lhe pelo rosto carunchado. Rosto de cupim. O cupim do tempo. – Paciência, minha mãe. A gente precisa ter paciência – chega uma hora em que as palavras são inúteis, eu sei. Mas tenho de dizer-lhe alguma coisa. A hora má. O que posso fazer para acalmá-la? Talvez sejam estes os seus últimos instantes, já não adianta correr mais. Pai, marido, filhos: os dentes podres do tempo. Com o teu corpo matarás a fome da terra. O que posso fazer para que tenhas uma boa morte? – A vergonha de ter de andar de um lado para o outro atrás de um médico que dissesse se o filho que estava na barriga de uma filha era do homem que roubou a minha filha ou não.

– Mas essa está bem, não está?

– Pelo menos está viva. E até que bem tratada.

– Então vamos esquecer o passado. É melhor deixar tudo pra lá.

– Certas coisas a gente nunca esquece. Eu nunca esqueço.

Eu me lembro, claro que eu me lembro.

O lugar se chamava Maragogipe e ficava longe como o diabo. Nós nunca iríamos encontrá-la, porque nunca iríamos atinar com essas paragens. Esgotados, vasculhados, batidos, varridos todos os caminhos, paramos para descansar. O caso estava perdido. – Passou por aqui uma moça assim, assada? O nome dela é Noêmia. Noêmia Lopes Cruz.

Mamãe secou as canelas. Só num dia andou vinte quilômetros, pela estrada de Irará. Por que pegou a estrada de Irará? Quando não se conhece a direção, roda-se em todas as direções. Todas as saídas tinham que ser vasculhadas, calombo a calombo, torrão a torrão. Foi por esse tempo que ela começou a bater em papai, toda vez que ele vinha nos ver e ficava resmungando. E nada de sabermos que inferno de caminho Noêmia tinha tomado. Maragogipe. Seis meses depois um homem estava à nossa frente, com a informação. Não viera para nos consolar, para pôr fim a tanto tempo de desassossego e agonia. A moça que roubara estava grávida e ele agora informava que ia devolvê-la aos pais. Porque havia se enganado. Roubara uma moça que não era mais moça e não podia continuar vivendo com uma mulher que sujara o sangue com o sangue de outro homem, antes dele. Nem sequer poderia avaliar se foi um só, ou se foram muitos, tanto quanto não se sentia o responsável por aquilo que estava dentro de uma barriga – e que já começava a crescer. Mamãe alisava a perna de uma calça, sobre a mesa, pacientemente. Ouvia tudo sem dizer uma única palavra. Quando o homem terminou de falar, ela levantou-se e meteu-lhe o dedo na cara. Era um homem ainda novo, mais baixo do que alto, moreno claro, de cabelos bons e cortados rentes. Parecia um sujeito decidido, o tipo do indivíduo que não leva desaforo para casa. Mas desta vez ele estava muito amarelo, o rosto tenso e apavorado, como se não soubesse mais o que tinha vindo fazer:

– Você é um filho da puta – era o que mamãe estava lhe dizendo, com o dedo avançando-lhe na cara. Contraído, o homem recuava na cadeira. – Eu ainda lhe meto uma bala dentro desta boca porca – derrubado pela violência de uma mulher (o que com certeza não esperava) que lhe dizia "Você não foi parido por uma mulher. Você foi parido por uma vaca" e que crescia e adquiria formas monstruosas diante de seus olhos, o homem, agora reduzido ao tamanho de um rato, deu um pinote da cadeira e, como se agisse sem pensar, sem saber exatamente o que estava fazendo, ameaçou correr. Para o seu azar eu havia trancado a porta. – Espere um pouco – digo. – Vamos ver como é que tudo isso vai ficar.

Caíra numa tocaia. Estava acuado. Então ele falou no médico. Queria ouvir a palavra insuspeita sobre o sangue daquele ou daquela que estava na barriga da minha irmã. Uma vez provado que o filho não era de outro, ficaria com ela. Até se casaria, embora só no religioso – o que, na verdade, era resolver tudo. Para a nossa gente, este é o que conta. Casamento civil não presta para nada. Isso era o de menos, disse-lhe a velha, a respeito de ter que procurar o tal do médico. E lá se foi, para as bandas de Maragogipe, acompanhando-o numa longa viagem muda. Fiquei me perguntando quantos palavrões, quantas ofensas, quantos horrores ela não levava entalados na garganta. Voltaria no dia seguinte, escoltada por um batalhão: a filha, o marido da filha e os pais e ainda um irmão desse marido. Nunca se soube o que Noêmia conversou com o médico, em particular. Soube-se apenas que ele pediu esse particular e depois fez o pedido do exame de sangue. Saiu tudo bem. Tanto que já têm oito filhos e todos eles, dizem, são a cara do pai.

– Para mim só deixaram atrapalhação – sua voz é arrastada, tristonha. Faz lembrar uma passagem de tempo: aquela hora em que o dia vai morrendo nas barras vermelhas do horizonte. Assim têm sido as nossas vidas; uma constante hora da Ave-Maria. – Eu já ia me preparando para dormir quando ouvi um barulho muito estranho, o barulho de alguém que pulava na janela. Pensei que fosse um ladrão. Fui olhar no quarto das meninas, elas deviam estar dormindo há muito tempo. Ainda me restavam três filhas, era nisso que eu ia pensando. Quando entrei no quarto, vi Zuleide ajoelhada na cama, fechando a janela. Perguntei o que tinha havido. Ela me respondeu: O que a senhora está pensando. As outras meninas dormiam, ou fingiam que dormiam, em seus beliches. Zuleide desceu da cama e ficou de pé, no meio do quarto. Tornou a dizer: – Exatamente o que a senhora está pensando. Se quiser me matar, me mate. Mas a verdade é essa. As outras duas meninas estavam sabendo de tudo, porque viam tudo, todas as noites. Não me contavam nada. Isso era o que eu não entendia: por que elas não me contavam nada?

O vento da noite é gelado e entra pela janela do carro. Precisamos de muito ar aqui dentro. Ela já vomitou tudo o que podia, o problema agora é o cheiro. Mais rápido – agora sou eu quem pede ao motorista. Temos que chegar com ela ainda viva. Não posso ter os olhos muito abertos por causa do vento. Ele assopra os meus cabelos para trás, me assopra para trás, me joga na sarjeta do tempo.

– Então mandei dizer a seu pai: venha buscar essa menina. Aqui comigo não fica mais. Tome conta dela, daqui pra frente. Bote no cabo de uma enxada. Quando soube que o pai vinha mesmo, sabe o que Zuleide fez? Fugiu de casa.

Foi assim. Ela vinha saindo da escola. Viu as irmãs um pouco mais adiante, andando em grupo, com outras colegas. Gritou para elas:

– Ei, esperem aí. Tenho uma coisa pra dizer a vocês.

Fez sinal para elas deixarem o grupo. As irmãs obedeceram.

– Vocês vão direto pra casa?

– Vamos. Claro que vamos – disse uma delas, intrigada.

E a outra, mais surpresa ainda com a pergunta:

– Por que você está perguntando isso? Não vem também?

– Lembranças para todos. Muitas lembranças – disse Zuleide, com um sorrisinho maroto.

– Você não vai voltar pra casa, com a gente?

– Olhem ali – Zuleide apontou para uma árvore. – Estão vendo aquele táxi?

– Sim. Mas o que é que tem o táxi?

– Nada. Digam a papai que roça é uma porra.

Saiu correndo, aos pulos, lembrando uma criança que brinca de amarelinha. As outras duas irmãs se entreolhavam, sem se dizer nada. De vez em quando Zuleide parava, olhava para trás e jogava um adeusinho.

– Você não deixa nem o endereço? – gritou uma delas.

– Eu escrevo pra vocês – disse Zuleide, voltando a correr.

Escreveu um ano depois, de um lugar chamado Pojuca, dizendo que acabava de ter uma menina. Aceitava visitas. Suas portas estavam abertas para todos. Logo mais, quando a menina estivesse durinha, iria levá-la para conhecer os parentes. Era uma carta muito engraçada e terminava assim: digam a papai que roça é uma porra. As irmãs ainda deviam se lembrar disso e haviam de dar boas risadas. Pena que a carta não tenha encontrado as suas destinatárias. Elas também já estavam longe. Muito longe.

O ronco do motor do carro não é mais forte do que o ronco do meu motor. Corre, Totonhim, corre. Precisas salvar a tua mãe, porque precisas te salvar. Eis a esperança que te resta. Medicina, drogas, chás, feitiçaria, promessas, o caralho que atravessar na tua frente. Este carro rasga uma estrada que te rasga e pouco te importa se esta é a estrada que rasga o umbigo, o coração ou o cu do Brasil. Salvador-Bahia, para os baianos. Recife-Pernambuco falando para o mundo. Alô, alô, Serviço de Alto-Falantes A Voz do Sertão, oferecendo mais esta linda página musical para a moça de azul e branco que neste momento passeia na calçada da igreja de mãos dadas com a moça de rosa e amarelo. As cores e as flores também enlouquecem. Satanás pede clemência, está seco no inferno. Salvador, capital do amor. Atenção, muita atenção. Deus fala hoje pela cadeia nacional de televisão, atenção Junco, ligue seus vinte e tantos aparelhos hoje às oito da noite. Deus vai falar. Ele existe. O que Ele não quer é se envolver. Minha mãe precisa ouvi-lo. Minha mãe precisa saber: Deus não está nem aí. Deus, Deus, Deus. Vinde a nós, Senhor. Precisamos pelo menos de uma palavra Sua de consolo. Pelo amor de Deus.

– Mamãe, mamãe, Ele não está me ouvindo. Nem Deus quer me ouvir.

– Fique quieto – ela disse. Estou tão cansada.

Adormeceu.

O dia está clareando. Deve ser entre quatro e cinco horas da manhã. Daqui a pouco saberei as horas certas, na cidade dos comerciantes que vieram de longe e hoje têm um perfeito domínio do seu tempo. Estamos chegando. Esta cidade é assim: um mundo de portas de lojas que se abrem e se fecham, uma vida em dois tempos, abrir e fechar, fechar e abrir; dois únicos movimentos dentro do tempo. Hotéis e pensões imundos para os filhos dos fazendeiros que vêm estudar aqui, para os motoristas de caminhão que passeiam por aqui. Uns cinco ou seis ginásios, portas que se abrem e fecham. O bordel fica à direita de quem entra, o hospital fica à esquerda. Ainda não sei se a levo para o hospital, para o asilo, ou para uma casa funerária. Já sentiste o ressonar convulso da tua própria mãe? São muitos os meus parentes arranchados logo na entrada da cidade. Tomaram um bairro inteiro, devem estar acordando. Vivem aqui como se vivessem na roça, devem estar acordando. Chafurdam no gueto, chafurdam nos esgotos. Não é preciso ir muito longe. Aqui mesmo: Alagoinhas, Bahia. Miserabilenta vida miserável, não quero mais duzentos anos de seca, não quero mais um século de fome. Homens da roça fazem fila nas portas dos homens da roça que moram na cidade. O bairro de entrada é o mais fedido de todos, o mais fodido. Isto aqui é igualzinho a Feira de Santana. Eu sei, porque já morei lá.

O que pensas é produto da tua loucura, parece me dizer o porteiro do asilo, sonolento e opaco, triste e mal-encarado. Um mundo de gente triste. Um mundo que tem exatamente a minha cara. É isso mesmo, confirma a enfermeira de rosto miúdo e chupado, escondendo os olhos atrás dos óculos. Mirradinha, como a vegetação do tabuleiro. Nervosinha, como a minha mãe. – O diretor ainda está dormindo – ela me informa. E eu pergunto: – Por quê?

E ela me olha por cima de seus óculos e a resposta está dentro de seus olhos sonados: – Porque vocês chegaram cedo demais. E eu penso: Não, querida. Chegamos tarde demais. Abaixa os olhos. A cena é muda. Ainda assim ouço-a dizer: – Sabe o que é dar plantão numa casa de loucos e ainda por cima ser acordada por um homem e uma mulher fedendo a vômito?

Esperemos. O diretor só vai chegar às oito. E até às oito zanzei não sei quantas mil vezes de uma porta à outra da calçada. O motorista dormia debruçado sobre o volante, mamãe dormia encolhida no banco traseiro do carro. Meninos passavam alegres a caminho do colégio. Meninas de azul e branco, meninos de roupa cáqui. Enterrem os seus mortos, crianças. O futuro é azul e branco. Ou, como papai diz: a Deus pertence.

Felizmente o diretor é o Jonga. Ficamos amigos nas últimas eleições, quando ele esteve no Junco, pedindo votos para um primo. Arranjei-lhe alguns. Recebi uma carta dele, agradecendo, e se colocando às ordens. Não tive vergonha de me apresentar espandongado mesmo do jeito que estava e nem de apresentar a minha mãe naquelas condições. Um trapo. Dói dizer isso, mas é a verdade. Jonga foi muito cordial, simpático até. Tentou me consolar:

– Se todos nós temos uma cruz para carregar, você já tem a sua.

Mamãe iria receber o melhor tratamento possível, eu que confiasse nele e ficasse descansado. Estávamos conversando, quando ela disse:

– Que médico bonito. Ele trabalha na televisão, não trabalha?

Pensei nessa coisa que se diz ser a solidariedade humana. Ela existe, sim. Desde que a gente conheça alguém que esteja em condições de oferecê-la. Pelo menos aqui para os nossos lados tem sido assim. Lembra mais uma troca de favores.

Não me esperaram para o enterro. Achei ótimo. Cansado do jeito que estava, só queria cair numa cama e fechar os olhos. Papai se queixou: – Tinha tão pouca gente.

– E agora, o que é que o senhor vai fazer?

– Vou dar um passeio pelas roças, para ver uns parentes. Amanhã pego o ônibus, salto em Alagoinhas, e de lá pego o de Feira.

Ver os parentes da roça. Era isso o que ele mais gostava.

– Vai custar dinheiro, o senhor sabia? Todo mês.

– Eu ando tão apertado. Semana que entra serviço, semana que não entra.

– E o que eu ganho aqui é muito pouco.

– Pouco com pouco já ajuda.

– Papai, acho que o senhor não me entendeu. Mamãe –

– Entendi, sim. Como não estou entendendo?

– E o que o senhor pensa fazer?

– Vou ver se acho uma menina dessas, uma parenta nossa que queira ir tomar conta da casa.

– Um velho e três meninos. Quatro pessoas no desamparo.

– E mamãe? O asilo – dinheiro todo mês.

– Eu também não vou durar muito. Tenho certeza disso.

Foi então que comecei a me sentir perdido, desamparado, sozinho. Tudo o que me restava era um imenso absurdo. Mamãe Absurdo. Papai Absurdo. Eu Absurdo. "Vives por um fio de puro acaso." E te sentes filho desse acaso. A revolta, outra vez e como sempre, mas agora maior, mais perigosa. Não morrerás de susto, bala ou vício. Morrerás atolado em problemas, a doce herança que te legaram. O enterro foi pago com dinheiro emprestado, a juros. Uma miséria, de uma miséria de outra miséria. Teu pai não sabe se vai ter dinheiro para comer, daqui pra frente, quanto mais se vai pagar os juros do enterro de um filho. Ele está te contando que passou a vida pegando no pesado, ninguém nunca poderá chamá-lo de preguiçoso. E agora só lhe restam duas mãos cheias de calos. E quando perguntaste pela terceira vez. – O que é que o senhor vai fazer? – te respondeu: – Se não fosse pela idade, eu ia para São Paulo-Paraná. Talvez estivesse querendo que o empurrasse pela estrada. Nelo, querido, não vou chorar a tua morte. Foste em boa hora. Agora eu te entendo, é bem capaz que eu já esteja começando a te compreender.

– Saiba de uma coisa, papai. Eu vou embora.

– Para onde?

– O dinheiro que eu receber da Prefeitura, no fim do mês, é para comprar uma passagem.

Ele insistia:

– Para onde?

– É pouco, mas acho que dá para chegar lá.

– Você aqui tem um emprego. Bem ou mal, você tem o seu garantido. Estude bem. Assunte o caso.

– Não sei se o senhor sabe, mas eu tenho uma vaca, no pasto do meu finado avô. Vou vender, para completar a viagem.

– Mas para onde você vai?

– Para São Paulo.

Se há uma coisa que não compreendo é isso: por que o velho nunca aceitava uma ideia nossa. Tínhamos que apresentar o fato consumado, para que o admitisse. Mas contrariado.

– Você é igual aos outros. Não gosta daqui – falou zangado, como se tivesse dado um pulo no tempo e de repente tivesse voltado a ser o pai de outros tempos. – Ninguém gosta daqui. Ninguém tem amor a esta terra.

Ele tinha, eu sabia, todos sabiam.

Passado o sermão, papai amansou a voz. Parecia mais conformado do que aborrecido:

– Você faz bem – disse. – Siga o exemplo –

Abaixou as vistas, sem completar o que ia dizer.

fim

Posfácio

Um novo sertão na literatura brasileira: *Essa terra*, de Antônio Torres

A história narrada no romance *Essa terra*, que Antônio Torres publicou em 1976, desenrola-se em espaços que têm referentes precisos na geografia do Brasil: as povoações do Junco, de Feira de Santana e Alagoinhas, situadas no interior do Estado da Bahia, e a cidade de São Paulo. Esta última, Alagoinhas e Feira de Santana surgem como áreas complementares, com maior ou menor importância no plano das ações e no nível do sentido, ao passo que a cidadezinha do Junco, atualmente denominada Sátiro Dias, forma o território fulcral da narrativa, aquele para o qual apontam em primeiro lugar os títulos da obra e das suas quatro partes. Embora a realidade geográfica do sertão brasileiro não esteja perfeitamente determinada – dado que em certas definições corresponde a todas as terras e povoações do interior, por oposição às do litoral, em outras engloba apenas as áreas mais desertas e distanciadas da costa e dos grandes centros urbanos e ainda noutras se restringe à zona interna da região nordestina, caracterizada por secas periódicas e pelo domínio da caatinga –, não resta dúvida de que ele é o espaço referencial nuclear de *Essa terra*, pois o centro do mundo construído na narrativa (assim como algumas das suas periferias) se enquadra bem em qualquer das acepções mencionadas.

As formas e o significado que a representação do sertão assume nesse romance constituem a matéria do presente trabalho que busca, simultaneamente, posicioná-lo no quadro de uma possível "literatura sertaneja". Tal designação se aplica aqui à produção literária erudita – da qual se excluem as produções de caráter popular como a literatura de cordel – em que se verifica uma estreita relação entre o universo ficcional e a realidade física e humana do sertão e que diversos estudiosos demonstraram constituir um filão que atravessa a Literatura Brasileira desde o Romantismo. Nessa literatura, a manipulação dos aspectos físicos, sociais, econômicos, políticos, culturais e linguísticos do universo sertanejo tem, como não podia deixar de ser, mudado ao longo dos tempos. A visão que lhe está subjacente varia entre dois extremos opostos, caracterizando-se ora pela idealização, pela exaltação, pelo otimismo, ora, ao contrário, pelo realismo, pela atitude crítica, pelo pessimismo, quando não combina tais características em proporções e com efeitos variados. Nem mesmo no conjunto das obras que evidenciam uma forte marca de "veracidade" na composição do universo ficcional se encontra um retrato uniforme do sertão, porque, necessariamente incompleta, a imagem produzida em cada uma delas resulta da seleção, da combinação e da funcionalidade, no interior do texto, dos elementos extraídos do real. Daí a existência não de um, mas de muitos sertões na Literatura Brasileira. Há, contudo, semelhanças nessas representações, explicáveis, em parte, pelas circunstâncias históricas e pelas correntes estéticas atuantes na época de produção das obras, em parte, por motivações de natureza subjetiva.

Numa panorâmica algo redutora, poderíamos considerar a emergência de, pelo menos, quatro modos de abordagem do sertão: o romântico, o realista-naturalista, o neorrealista e o pós-modernista. Se a modelagem romântica tem a sua expressão mais acabada em *O sertanejo*, de José de Alencar, que, composto com as mesmas formas épicas e enaltecedoras utilizadas no manejo da temática indianista, traduz igual intuito de dar configuração mítica ao homem e à natureza brasileira, de acordo com as necessidades do nacionalismo da época, *Os sertões*, de Euclides da Cunha, constitui um bom exemplo do tratamento realista-naturalista. A narrativa euclidiana, embora não abandone inteiramente os processos da composição épica, engrandecedora tanto do homem como da terra, não os apresenta mais como metonímias do todo nacional e dá primazia a uma reprodução documental disfórica baseada nas concepções do determinismo e do positivismo. É, por sua vez, herdeira do descritivismo realista e denunciatório de *Os sertões*, mas não comporta a sua visão amplificadora, nem se sustenta nas mesmas teorias sociológicas e antropológicas, a recriação neorrealista do sertão, que tem manifestações numerosas no chamado *romance nordestino dos anos 30*, bem representado, neste caso, por *Vidas secas*, de Graciliano Ramos ou *Seara vermelha*, de Jorge Amado. Combinação nova das duas facetas da manipulação da temática sertaneja ocorre em *Grande sertão: veredas*, que se posiciona como marco fundamental no nascimento da ficção pós-modernista brasileira e no qual o dado realista, local e epocal, ganha no plano simbólico um caráter universal e supratemporal.

Embora com função seminal nos rumos tomados na abordagem contemporânea do universo sertanejo, o romance de Guimarães Rosa não se impôs como modelo obrigatório para os sucessores que, libertos das restrições de uma poética uniformizadora, se movimentam com uma independência impossível no passado. Disso dá prova a obra que vamos analisar, pois, influenciada quer pela construção do *Grande sertão: veredas*, quer pela de formas anteriores da literatura do sertão, soube encontrar a sua própria estrada, o que é tanto mais evidente quanto a recriação do universo sertanejo tem nela muito de autobiográfico e de catártico.

Sob a forma de um relato fragmentário e memorialístico, *Essa terra*, apresenta a história trágica de uma família de origem rural: a do narrador-personagem Totonhim. Nela se conta a ruína e a desagregação do seu clã, provocadas pelo abandono da terra natal – o Junco – e dos modos de subsistência avoengos, que consistiam na criação de gado e em alguns cultivos tradicionais, como o milho e o feijão. A tragédia se concretiza em numerosos acontecimentos, sendo os mais importantes: a ida de Nelo, o irmão mais velho de Totonhim para São Paulo, e o seu fracasso na grande metrópole: a mudança da mãe, dos seus outros irmãos e, posteriormente, do pai para uma povoação vizinha mais desenvolvida – Feira de Santana – onde passam, contudo, a viver em situação de maior pobreza; a perda da roça pelo pai, endividado com o Banco que aparecera emprestando dinheiro, mas obrigando-o a introduzir o plantio do sisal; as sucessivas fugas das filhas e filhos crescidos, que não resultam em melhoria significativa das suas condições de vida.

Ela tem como desfecho não só o suicídio de Nelo, a loucura da mãe, a solidão do pai, que, sem recursos, terá de criar os três filhos pequenos que ainda possui, mas ainda a decisão tomada por Totonhim de ir para São Paulo. Essa partida, que se afigura como a única saída para superar o atraso e a miséria, mas que pode implicar a repetição do destino de Nelo, é uma solução egoísta, que o narrador-personagem parece querer justificar e expiar através de uma rememoração do passado onde se evidencia o sentimento ambivalente de amor e ódio que ele nutre pela família e pela terra natal. Tal ambivalência é sugerida pelos títulos das quatro subdivisões do romance, que são, na ordem em que aparecem: "Essa terra me chama", "Essa terra me enxota", "Essa terra me enlouquece", "Essa terra me ama".

A história pessoal e familiar do personagem-narrador tem um caráter paradigmático, pois comporta vivências típicas dos pequenos plantadores e criadores de gado e de seus descendentes, que compõem uma das parcelas mais importantes da população do sertão brasileiro. À volta do entrecho principal giram personagens cujas figuras e histórias, construídas de forma mais lacunar e com feições igualmente funestas, contribuem para alargar o painel calamitoso do universo sertanejo reproduzido na obra. Por conseguinte, o sertão está perspectivado em *Essa terra* a partir de uma ótica pessimista, denunciadora dos graves problemas da região e da miséria dos seus habitantes, como já havia acontecido na ficção do período realista-naturalista e na dos anos 30/40 do século XX.

O romance assemelha-se ainda à produção literária das épocas referidas ao abordar matérias que nela constituíam o cerne da problemática sertaneja: o cangaço, o misticismo religioso, as periódicas chuvas torrenciais e, sobretudo, o flagelo das secas cíclicas. Mas nele tais motivos aparecem ligados mais aos tempos passados do que ao presente. Assim, fazem parte da memória coletiva do Junco tanto as figuras de Lampião e de Antônio Conselheiro – este último com um seguidor ainda vivo na cidade: o velho Caetano Jabá, cujo apelido se deve ao fato de ter degolado em Canudos um soldado que estava comendo charque –, como a terrível seca de 1932, quando "o lugar esteve para ser trocado do mapa do Estado da Bahia para o mapa do inferno", e as chuvas diluvianas, que se lhe seguiram, trazendo um mortífero surto de malária.

Diferenciam profundamente a obra de Antônio Torres das suas antecessoras a presença secundária dessas temáticas tradicionais e a pouca relevância que lhes é atribuída como causa da miséria do sertão e da sua população. Apesar de o Junco ser um *fim de mundo* onde nem Lampião quis entrar, apesar de ser uma "terra selvagem, onde tudo já estava condenado desde o princípio. Sol selvagem. Chuva selvagem", apesar de ser uma "terra sempre igual a si mesma, dia após dia", com "uma missa de vez em quando, uma feira de oito em oito dias, uma santa missão de ano em ano, uma safra conforme o inverno", configura-se também como uma "terr [a] velh [a] e bo [a]", mormente nos "tempos em que os homens valiam alguma coisa porque tinham gado e palavra".

Assim o define o narrador numa evocação onde o sentido crítico não esconde um afeto nostálgico:

> O Junco: um pássaro vermelho chamado Sofrê, que aprendeu a cantar o Hino Nacional. Uma galinha pintada chamada Sofraco, que aprendeu a esconder os seus ninhos. Um boi de canga, o Sofrido. De canga: entra inverno, sai verão. A barra do dia mais bonita do mundo e o pôr do sol mais longo do mundo. O cheiro do alecrim e a palavra açucena. E eu, que nunca vi uma açucena. Os cacos: de telha, de vidro. Sons de martelo amolando as enxadas, aboio nas estradas, homens cavando o leite da terra. O cuspe do fumo mascado da minha mãe, a queixa muda do meu pai, as rosas vermelhas e brancas da minha avó. As rosas do bem-querer.

Para a ruína atual são, portanto, apontadas explicações novas, diversas das expressas na literatura do passado e baseadas na compreensão moderna da existência de uma espécie de colonialismo interno, em função do qual o sertão se tornou um território explorado e pauperizado pela região centro-sul, verdadeiro núcleo do Estado nacional. Com efeito, esta região, representada na obra, sobretudo, pela cidade de São Paulo, rouba ao Junco a sua força produtora mais válida – Nelo, Zé do Pistom, seu Caboco, Totonhim e um número indefinido de rapazes, que nunca voltaram para buscar as moças que por eles esperam. Por isto, o pai de Totonhim só vê à sua volta "casas fechadas, terras abandonadas" e, considerando que "agora o verdadeiro dono de tudo era o mata-pasto, que crescia desembestado entre as ruas dos cactos de palmas verdes e pendões secos, por falta de braços para a estrovenga", conclui que esses braços se encontravam "dentro dos ônibus, em cima dos caminhões. Descendo [...] para o sul do Brasil".

Mas aí eles são socialmente marginalizados e inferiorizados – difundidas que estão as ideias de que

> Todo baiano é negro.
> Todo baiano é pobre.
> Todo baiano é veado.
> Todo baiano acaba largando a mulher e os filhos para voltar para a Bahia.

Aí também eles não conseguem, em geral, uma boa situação econômica e acabam por desiludir-se. Tal desilusão, indicada no profundo sentimento de solidão consubstanciado na afirmação de que "São Paulo é uma cidade deserta", está expressa mais abertamente nas cartas em que Nelo, procurando convencer o pai a não seguir para o sul, avisa que "São Paulo não é o que se pensa" no Junco.

Talvez não seja distorcido considerar-se que para Antônio Torres outro malefício oriundo da região sul se prende à atuação do setor bancário, uma vez que o centro financeiro do país nela se situa e na obra um representante de tal setor surge como elemento exógeno, garantido pelo Estado Federal e propulsor de transformações econômicas que a este primeiro interessam. Trata-se de "Ancar: o banco que chegou de jipe, num domingo de missa, para emprestar dinheiro a quem tivesse umas poucas braças de terra" e que contribui grandemente para o empobrecimento de parte dos agentes econômicos que restavam ao Junco, pois os convenceu de que os empréstimos oferecidos seriam fonte de progresso e os forçou a introduzir novos cultivos, sem lhes dar as condições necessárias para o fazer. Nessa situação se colocou entre outros o pai do personagem-narrador, que, como já dissemos, teve de vender a sua roça para pagar as promissórias vencidas. Por isto, Caetano Jabá, numa profecia apocalíptica, impregnada do misticismo fatalista característico do sertão, pode resumir o evoluir desfavorável da situação econômica dos habitantes do Junco na seguinte assertiva: "nossos avós tinham muitos pastos, nossos pais tinham poucos pastos e nós não temos nenhum."

O que mostramos permite entender que a abordagem da temática sertaneja em *Essa terra* se afasta seja de uma metonímica glorificação do país, característica do Romantismo, seja de uma crítica externa de raízes sulinas ou litorâneas e de bases positivistas e deterministas, que, expressa sobretudo nas últimas décadas do século XIX e nas primeiras do século XX, atribuía a miséria da região às condições mesológicas e/ou à formação étnica da sua população. Pode-se, por outro lado, assinalar que tal abordagem partilha de um sentimento atual de revolta dos nordestinos contra o poder central, cuja explicação radica no fato de os desníveis e as desigualdades entre as regiões não estarem sendo corrigidos, mas, ao contrário, estarem a agravar-se com a expansão do modo de produção capitalista por todo o território nacional. Nesse sentido, ela implica uma perspectiva interna à sociedade sertaneja no seu desejo de reconhecimento e valorização pelo conjunto da nação.

O embasamento político e a atitude de denúncia não prejudicam a realização estética de *Essa terra*, pois os elementos ficcionais se sobrepõem, afastando o risco do simples discurso panfletário ou documental e produzindo uma imagem transfigurada e mais profunda do homem e do mundo. Essa imagem de feição prioritariamente realista não abandona de todo os mitos e os símbolos. Numa dialética complexa, a intensa religiosidade do universo retratado se transfunde em sugestões mítico-simbólicas de raízes judaico-cristãs, como a da *Volta do filho pródigo* e a do *Apocalipse*.

A complexidade do universo criado no texto excede não só a das produções oitocentistas, mas ainda a de grande parte da ficção neorrealista. Mantendo grande fidelidade ao real, o sertão não aparece nele apenas como cenário, nem é objeto de descrição mais ou menos autônoma, o que o distingue da literatura paisagística e descritivista do século XX. Enveredando pelos caminhos da narrativa sociológica e, sobretudo, psicológica, Antônio Torres faz dos aspectos físicos, sociais, econômicos, políticos, culturais do sertão matéria essencial da trama e estabelece uma interdependência profunda entre o espaço, a ação e as personagens. O drama individual – ou melhor, uma proliferação de dramas pessoais geradora de uma imagem multifacetada da realidade – ocupa o primeiro plano, mas os conflitos psicológicos descritos estão enraizados no contexto sertanejo, o que lhes dá uma dimensão englobante exemplar.

As personagens principais do relato não se reduzem a representações típicas do sertanejo. Totonhim, Nelo, o pai e a mãe possuem profunda densidade humana, apesar da sua construção fragmentária. Com qualidades e defeitos (talvez mais com estes do que com aqueles), tais personagens não enfermam do maniqueísmo, nem da idealização dos heróis sertanejos tradicionais. O seu engrandecimento não deriva tanto da peculiaridade dos valores do mundo de onde provêm, mas da grandeza humana (e portanto universal) de tais valores. Personagens individuais e regionais, elas são também figurações arquetípicas do homem. A sua grandeza é a da condição humana na busca infrutífera da felicidade terrestre, concretizada no texto na procura frustrada, em cada uma, de condições de vida satisfatórias. De igual modo, as numerosas personagens secundárias, que enriquecem a ambiência sertaneja da história, não são apenas figuras características do universo de que foram extraídas; são, na sua incompletude, autênticos seres humanos, cujo caráter embrionário não as priva de feição vívida e dinâmica.

O sentido trágico que impregna *Essa terra* singulariza-a no conjunto das abordagens do sertão com que a temos confrontado. Este se manifesta quer na nostalgia de um passado irremediavelmente perdido, quer na crítica do presente, quer na ausência de previsão duma felicidade futura. Contrapondo-se à visão eufórica de uma natureza paradisíaca e de um homem ideal, que no Romantismo traduz uma ideologia conformista, defensora da ordem estabelecida, e à visão crítica que combina a denúncia do *status quo* com a fé numa ordem melhor, característica da ideologia reformista dos neorrealistas, o romance expressa uma postura não conformista, mas também não reformadora, cuja negatividade reside numa compreensão da tragédia essencial da condição humana.

Caberia finalmente uma breve análise da dimensão sertaneja da linguagem de *Essa terra*, tanto mais que esse aspecto, nuclear na produção literária, tem particular importância na "literatura sertaneja", quase sempre muito ciosa da recriação dos falares regionais. No nosso romance não ocorre a utilização sistemática da linguagem nordestina, mas se encontram, tanto na fala das personagens como no discurso narrado, expressões e vocabulário regional. As primeiras são, todavia, pouco numerosas e parecem contaminadas pelo discurso do narrador, que, no momento da produção do texto, já estava distanciado do meio sertanejo e popular, quer pela educação recebida, quer pela residência fora do Junco, quer ainda pelo cunho erudito da tradição literária em que se situa a sua narrativa.

A presença limitada do regionalismo linguístico poderia ser explicada também pela tendência moderna para uma certa uniformização do linguajar popular, decorrente da atração que a linguagem das áreas mais desenvolvidas do país exerce sobre a população sertaneja. Esse fenômeno, bastante visível na literatura de cordel, é assinalado no romance através da fala de um velho habitante do Junco que, recordando o seu encontro com Nelo e o prazer que sentiu ao ouvi-lo falar como ali ninguém seria capaz de fazer, afirma que "a coisa que mais aprecia numa pessoa é ver a pessoa saber falar". Ele revela, no entanto, um domínio insuficiente da linguagem "sulina", "culta", ao definir Nelo como "um capitalista", atribuindo à palavra o sentido de "verdadeiro homem das capitais". Por conseguinte, a linguagem não dialetal do romance não indica um afastamento da realidade sertaneja, ao contrário, confere coerência e autenticidade à narrativa.

Relacionando ainda outros aspectos da prosa ficcional de *Essa terra* com a dos principais modelos da ficção sertaneja, observaríamos que, sendo o despojamento a sua característica estilística mais marcante, o cunho não ornamental da linguagem se afasta do tipo de prosa poética de José de Alencar, de Euclides da Cunha ou de Guimarães Rosa, aproximando-se, por outro lado, da linguagem direta, contida e substantiva de Graciliano Ramos. Isto não impede que apareçam por vezes na obra imagens imprevistas e originais, construídas a partir de elementos de realidade local. O traço essencial do discurso de Antônio Torres é, porém, uma linguagem oralizante, de frases curtas e às vezes elípticas e de léxico de extração popular, como se tornou habitual a partir do Modernismo.

Caberia finalmente explicar por que se afirmou anteriormente ter a recriação do universo sertanejo em *Essa terra* algo de autobiográfico e de catártico. Esta ideia encontra fundamento em semelhanças importantes detectadas nas biografias de Antônio Torres e do seu narrador, entre as quais se contam: a família numerosa, o nascimento no Junco, os estudos ginasiais em povoações vizinhas mais adiantadas, a emigração para o sul, a atividade literária. Ajuda ainda a sustentá-la o fato de aquela personagem ser designada apenas através do apelido *Totonhim*, frequentemente dado a quem tem o nome de Antônio. É, por sua vez, sintomático do aspecto catártico da obra – de fácil comprovação na sua estrutura interna, pois o sentido de expiação constitui o fulcro da relação do narrador com o seu relato – a presença obsessiva na produção romanesca do escritor dos mesmos dramas e do mesmo universo.

Vania Pinheiro Chaves
Professora de Literatura Brasileira na Faculdade de Letras da Universidade de Lisboa

EDIÇÕES BESTBOLSO

Alguns títulos publicados

1. *Reunião de poesia*, Adélia Prado
2. *Trem noturno para Lisboa*, Pascal Mercier
3. *Baudolino*, Umberto Eco
4. *A casa das sete mulheres*, Leticia Wierchowski
5. *O poderoso chefão*, Mario Puzo
6. *O diário de Anne Frank*, Otto H. Frank e Mirjam Pressler
7. *Educar sem culpa*, Tânia Zagury
8. *Viagem à luta armada*, Carlos Eugênio Paz
9. *Os carbonários*, Alfredo Sirkis
10. *O misterioso caso de Styles*, Agatha Christie
11. *O caso do hotel Bertram*, Agatha Christie
12. *O silêncio dos inocentes*, Thomas Harris
13. *Ramsés – O filho da luz*, Christian Jacq
14. *Ramsés – O templo de milhões de anos*, Christian Jacq
15. *Ramsés – A batalha de Kadesh*, Christian Jacq
16. *Ramsés – A dama de Abu-Simbel*, Christian Jacq
17. *Ramsés – Sob a acácia do Ocidente*, Christian Jacq
18. *O buraco da agulha*, Ken Follett
19. *O príncipe das marés*, Pat Conroy
20. *O grande Gatsby*, F. Scott Fitzgerald
21. *Suave é a noite*, F. Scott Fitzgerald
22. *Toda mulher é meio Leila Diniz*, Mirian Goldenberg
23. *Getúlio*, Juremir Machado da Silva
24. *O primo Basílio*, Eça de Queirós
25. *Exodus*, Leon Uris
26. *O jogo das contas de vidro*, Hermann Hesse
27. *Uma mente brilhante*, Sylvia Nasar
28. *Acima de qualquer suspeita*, Scott Turow
29. *Fim de caso*, Graham Greene
30. *O poder e a glória*, Graham Greene

EDIÇÕES
BestBolso

Este livro foi composto na tipografia Minion, em
corpo 10,5/13, e impresso em papel off-set no Sistema
Digital Instant Duplex da Divisão Gráfica da Distribuidora Record.